MOSAÏQUE

LOISIRS DU GRAND MONDE

PARIS. — IMPRIMERIE DE GUSTAVE GRATIOT, RUE MAZARINE, 30.

S.R T. LAWRENCE P.R.A. PAINTER — BARTLETT ENGRAVER

H. MANDEVILLE, LIBRAIRE-EDITEUR.

16 Rue Dauphine à Paris

ET CHEZ TOUS LES LIBRAIRES DE LA FRANCE ET DE L'ETRANGER.

MOSAÏQUE

LOISIRS DU GRAND MONDE

PAR

E. DE LIMAGNE

« Je suis chose légère et vole à tout sujet. »

LA FONTAINE.

* *

PARIS
H. MANDEVILLE, LIBRAIRE-ÉDITEUR
RUE DAUPHINE, 16
CHEZ LES PRINCIPAUX LIBRAIRES DE LA FRANCE ET DE L'ÉTRANGER

Mosaïque

La PREMIÈRE SÉRIE — *Album du Monde élégant* — donne un aperçu des traditions ou des plaisirs propres à chaque époque de la saison. Elle renferme 12 livraisons ornées de 24 magnifiques gravures sur acier, accompagnées de charmants récits.

La SECONDE SÉRIE — *Loisirs du Grand Monde* — contiendra l'histoire des principaux salons de Paris, des châteaux les plus remarquables de la France, et des résidences adoptées par le grand monde pendant la saison des bains et des chasses.

La TROISIÈME SÉRIE — *Soirées des Salons* — renfermera des notices littéraires sur les auteurs contemporains les plus en renom.

Les 2e et 3e Séries de MOSAÏQUE se composent, comme la 1re Série, de 12 livraisons illustrées de 24 magnifiques gravures, avec un texte choisi.

Ces trois Séries formeront, dans leur ensemble, un ouvrage essentiellement artistique et littéraire, réunissant, à la fois, toutes les beautés de la gravure, toutes les grâces de l'esprit.

Musique

La PREMIÈRE SÉRIE — *Album du Monde élégant* — donne un aperçu des traditions ou des plaisirs propres à chaque époque de la saison. Elle renferme 12 livraisons ornées de 24 magnifiques gravures sur acier, accompagnées de charmants récits.

La SECONDE SÉRIE — *Loisirs du Grand Monde* — contiendra l'histoire des principaux salons de Paris, des châteaux les plus remarquables de la France, et des résidences adoptées par le grand monde pendant la saison des bains et des chasses.

La TROISIÈME SÉRIE — *Soirées des Salons* — renfermera des notices littéraires sur les auteurs contemporains les plus en renom.

Les 2e et 3e Séries de Musique se composent, comme la 1re Série, de 12 livraisons illustrées de 24 magnifiques gravures, avec un texte choisi.

Ces trois Séries formeront, dans leur ensemble, un ouvrage essentiellement artistique et littéraire, réunissant, à la fois, toutes les beautés de la gravure, toutes les grâces de l'esprit.

CHRONIQUE

JANVIER

HISTOIRE DES PRINCIPAUX SALONS DE PARIS

I

A proprement parler, notre histoire des SALONS DE PARIS ne sera qu'une esquisse, qu'un trait léger de ces réunions où l'esprit français s'est créé une place si brillante. L'Allemand discute, l'Anglais pense, le Français seul sait causer. La conversation, c'est-à-dire l'élégance, l'esprit, la politesse, la grâce du langage, un peu de médisance pour les absents, beaucoup de flatterie pour ceux qui nous écoutent, un va-et-vient d'idées fugitives, de rumeurs harmonieuses, un véritable laisser-aller du cœur et de l'imagination, voilà ce qui, depuis le siècle de Louis XIV, a fait la réputation des salons de Paris.

« Dans l'art de la conversation, a écrit M. E. Jouy, il est plus facile de dire ce qu'il faut éviter que d'indiquer précisément ce qu'il faut faire pour mériter, mais surtout pour obtenir des succès. Cependant on peut poser quelques principes généraux : en conversation, le commerce des idées est libre et n'admet point de monopole; avec la finesse, la grâce et le tact des convenances qui la mettent à la portée de tous les esprits, qui la dirigent habilement entre tous les amours-propres, chacun y apporte des droits égaux et peut s'en emparer à son tour. Ce n'est point une course vers un but, une attaque régulière sur un point, c'est une promenade au hasard, dans un champ spacieux, où l'on s'approche, on s'évite, on se froisse quelquefois sans se heurter jamais. Une anecdote se présente : racontez, mais racontez vite, sans réflexions, sans épisodes, car votre histoire peut en rappeler d'autres à vos interlocuteurs, qu'ils seront pressés de faire entendre. »

Si les Français excellent dans l'art de la conversation, peut-être n'en sont-ils pas moins redevables à leurs défauts qu'à leurs qualités sociales : trop de franchise ou trop de susceptibilité, une application trop profonde ou une trop grande paresse d'esprit, sont également nuisibles dans la conversation; cette promptitude d'intelligence, cette facilité à tout saisir, à tout observer d'un coup d'œil, cette faculté de recevoir des émotions, de les communiquer et de les effacer presqu'au moment par des émotions contraires; ces éléments, en quelque sorte hétérogènes, dont la réunion compose le caractère français, constituent essentiellement l'art de la conversation.

Avant la révolution de 1789, on se réunissait en cercle, c'est-à-dire qu'on se trouvait en présence de femmes et d'hommes choisis; on s'énonçait avec grâce, noblesse et facilité: en moins de quelques heures, on touchait aux questions les plus futiles comme aux questions les plus graves; c'était un auditoire plein de goût et de mobilité qu'il fallait captiver. Alors régnait en souveraine absolue la conversation. Aujourd'hui quelques salons ont conservé le rare privilége d'avoir de l'esprit et de le montrer sans pédantisme, sans monter à la tribune, sans bavarder. Avant de frapper à ces portes discrètes, derrière lesquelles l'esprit français a trouvé un abri, nous demanderons à JULES JANIN cette personnification complète de tout ce que notre société actuelle a gardé de gracieux langage, de charmants aperçus, de nous prêter une de ses pages étincelantes qui sera la meilleure introduction que nous puissions donner à nos glanes.

. . . .

« C'est surtout en France que la conversation est un titre de gloire nationale; c'est presque une gloire littéraire. L'institution des salons n'est pas si vieille chez nous qu'on pourrait bien le croire. Elle date à peine de L'HÔTEL DE RAMBOUILLET, ce grand arsenal de causerie où M. de Balzac régnait en maître, où l'abbé Bossuet à seize ans, qui devint plus tard l'aigle de Meaux, prononça à minuit son premier sermon. L'hôtel de Rambouillet, renversé par Molière, rendit cependant ce grand service à la France qu'il lui donna le goût des réunions où l'on se rencontre soit la nuit, soit le jour, réunion d'hommes et de femmes, qui sans le vouloir, rendirent à la langue plus de services que l'Académie elle-même. Alors commence à Paris ce grand travail du beau langage auquel chacun prend part de toutes les forces de son esprit. Racine, Pascal, Molière, La Fontaine, Fénelon, Bossuet, que font-ils autre chose sinon épurer, agrandir, embellir, simplifier la langue! C'est alors véritablement que toute conversation commence. Madame de Sévigné, Bussy-Rabutin, madame de Scarron qui remplaçait par une histoire le rôti qui manquait, cette belle Ninon de Lenclos qui protégea Molière et qui devina Voltaire, le prince de Condé, voilà déjà la conversation qui se manifeste, qui s'arrange. On s'écoute parler, on répète les mots ingénieux de chacun; le roi lui-même a ses mots à lui, qui ne sont pas les moins exquis et qui, surtout, ne sont pas les moins vantés; mais tout cela, ce n'est pas encore une conversation populaire, ce sont des coteries ou plutôt ce sont de petites cours où règne en souveraine telle femme d'esprit, où commande en despote tel homme d'esprit.

« Ce ne fut véritablement que sous le roi Louis XV, ou plutôt sous Voltaire, que la conversation en France devint tout à fait une conversation générale : c'est-à-dire véritablement la conversation. Alors s'ouvrirent à toutes les célébrités du dix-huitième siècle les salons de madame Geoffrin, et là chacun vint apporter autour de cette femme d'un sourire si fier, d'un tact si exquis, d'un regard si intelligent, tout ce qu'il avait de verve, d'imagination, de style, d'audace et surtout de paradoxes. La conversation qui, sous Louis XIV, n'avait été à vrai dire qu'une causerie intime entre quelques hommes et quelques femmes d'élite devint sous Louis XV une véritable controverse dans laquelle chacun fut appelé, celui-ci parce qu'il était un grand seigneur, celui-là parce qu'il était un grand poëte, cet autre comme grand philosophe et tous enfin tout au moins parce qu'ils savaient se taire et écouter. Alors l'opinion publique commença à se former dans les salons de belle compagnie et de spirituel langage; alors il y eut en France une opposition contre le pouvoir d'un genre tout nouveau, non pas la brutale opposition de la rue sur laquelle on lance les gardes françaises, non pas l'opposition du pamphlet qu'on fait brûler par la main du bourreau; mais une opposition insaisissable, l'opposition du salon. Contre cette opposition le pouvoir était impuissant. Il fallait la subir, il fallait lui faire des avances, il fallait la flatter; on ne pouvait pas lui faire peur. Vous comprenez tout de suite quelle importance arrive tout à coup à ces salons d'encyclopédistes frondeurs et railleurs. La belle partie du dix-huitième siècle se passe ainsi à causer, à parler, à conter; c'est un bruit, c'est un mouvement incroyable; c'est une mêlée non interrompue de plaisanteries et d'attaques de tout genre. On cite encore aujourd'hui les noms de ces révolutionnaires de salon qui ont si merveilleusement préparé la révolution de 89. Car au fait, la société française s'émancipe par la conversation. — Or, il y eut un instant où ce peuple français, lui aussi, devint tout à coup et tout à fait un peuple athénien. Le Parisien se porta avec fureur au Palais-Royal : là, il faisait ses proclamations; là, il récitait ses discours; là, il votait la mort ou la paix; là, il demandait comme l'Athénien Démosthènes : Qu'y a-t-il de nouveau? Voilà donc la conversation descendue du salon dans la rue jusqu'à ce qu'enfin l'empereur Napoléon Ier, cet homme qui a mis l'ordre partout dans le monde, dans les plus petites choses comme dans les plus grandes, ait fait remonter la conversation de la rue dans le salon d'où elle n'est plus sortie. Mais depuis lors, la conversation a perdu beaucoup de son importance; elle n'est plus qu'une puissance très-secondaire; comparée à cette ardente et terrible conversation de chaque jour qu'on appelle *le journal.* »

Le *journal*... eh! pourquoi tout en faisant la part aussi large que possible à ce grand parleur de la rue, du café, du cercle et de la Bourse, nos salons de Paris ne reprendraient-ils pas aujourd'hui ce sceptre de la conversation, qu'ils portèrent si longtemps avec tant d'autorité? Il y a quelques années encore, nous ne vivions qu'en proie à des émotions politiques. Or, la conversation reproduisant l'existence de tous les jours, chaque mot enfantait un orage; aussi le sage s'isolait-il de la foule pour ne pas se disputer. C'est à nos femmes élégantes, qui réussissent d'instinct dans la causerie, où idées et sentiments, tout leur échappe, qu'il appartient de faire revenir à elles tous ces esprits errants, lesquels n'ayant plus de foyer, de centre d'attraction, causent dans les revues et dans les publications éphémères.

A leur appel, ces enfants gâtés de l'esprit et de la douce humeur reviendront en foule. Les vieillards, qui ont été beaucoup mêlés au monde, avec leurs traditions qui constituent le savoir-vivre; les écrivains, les journalistes avec leur butin de chaque jour et leurs piquantes révélations; les gens de génie avec le premier jet de leur inspiration, les poëtes avec leurs vers les plus frais éclos, les jeunes gens avec tout leur désir de bien faire et de bien dire, avec toute leur ardeur du page Chérubin!

Que sur ces beaux meubles de velours, que sous le feu scintillant de ces mille bougies, la conversation se déroule avec ses libres allures, semblable à cette pelote de fil qui court sous la patte d'un jeune chat et suit des méandres infinis! Alors tous ces riches ameublements qui ornent nos salons prendront une âme, pour ainsi dire, qui leur manque aujourd'hui. Vous n'entendrez plus ces banalités, ces riens vulgaires qui s'entrecroisent durant les brillantes soirées d'hiver. Vous trouverez au milieu des fêtes somptueuses de ces petits coins choisis, où l'esprit fera assaut avec l'esprit; dans les salons moins bruyants, moins tumultueux, vous rencontrerez près du feu pétillant de l'âtre d'aimables entretiens, de douces et intimes causeries.

Cette restauration de nos salons, qui s'accomplit du reste à petit bruit depuis que l'ordre s'est rétabli dans la rue, aura pour résultat de mettre en évidence toutes les imaginations paresseuses qui sommeillent, de faire parler toutes les bouches éloquentes ou rieuses qui se taisent faute d'auditoire choisi. Ce n'est pas chose difficile en France que d'avoir de l'esprit, c'est le tout de trouver le jour sous lequel on peut le montrer. Aux chefs-d'œuvre de Meissonnier, il faut des cadres appropriés à la merveilleuse petitesse des sujets; à la conversation il faut aussi un cercle restreint, où tout puisse se recueillir et se répéter. Un salon bien clos, des tentures épaisses, une vive lumière, une maîtresse de maison qui sache s'oublier elle-même pour mettre chacun à la place où il sera le plus convenablement apprécié, voilà ce qui existe déjà dans quelques demeures privilégiées; voilà ce qui devrait s'étendre aux quatre coins du Paris spirituel et élégant.

R. REDGRAVE, R.A. PAINTER. H. C. SHENTON, ENGRAVER

LES COUSINS DE CAMPAGNE.

G. MANDEVILLE, PARIS

LES COUSINS DE CAMPAGNE

C'ÉTAIT le 1er mai 1738; une humble maison du comté de Roscommon était toute bruyante depuis sa base jusqu'à son sommet. — Gertrude! Gertrude! appelait mistress Goldsmith. — Eh bien! Gertrude, ma bonne, en vérité vous n'en finissez pas; nous ne serons jamais prêts, et cependant c'est à midi, à midi, entendez-vous? que je présente les aînés de mes enfants, Olivier et Émilie, à mon très-honorable cousin le comte de Roscommon. A ces paroles, une petite vieille toute ronde et toute joviale montra son excellente physionomie. — Madame, dit-elle en souriant, vous arriverez toujours trop tôt chez le comte de Roscommon. Les *cousins du grand monde* ne se lèvent pas de bonne heure comme les *cousins de campagne*. Et puis, je n'ai pas fini de plisser la chemise de notre jeune M. Olivier, et je veux qu'il paraisse blanc comme neige, beau comme le prince Arthur de nos vieilles légendes.

Deux heures après, mistress Goldsmith, accompagnée de ses deux enfants, montait dans une carriole qui, depuis dix ans, n'avait pas quitté la remise. Quand ils se furent tous placés dans ce respectable véhicule: — Bon voyage! leur cria Gertrude. Et la carriole tourna l'angle de l'avenue dans laquelle elle s'était engagée, pour prendre directement la route bordée de tilleuls qui conduisait au château de Roscommon.

Après un trajet qui fut égayé par les allocutions pathétiques que master Nick, conducteur improvisé et épicier du village, adressait au maigre et débonnaire cheval qui les menait, la famille atteignit le seuil de la demeure seigneuriale.

La bonne mère sonna en tremblant un peu et en mettant ses enfants à l'arrière-garde. Un magnifique laquais vint ouvrir et demanda d'un ton impertinent: — Que voulez-vous, braves gens? — Voir notre cousin, le comte de Roscommon. — Votre cousin! reprit le domestique d'un ton dédaigneux; le comte serait votre cousin? Et réprimant un mauvais sourire, il introduisit la famille dans l'antichambre. — Je vais vous annoncer à M. le comte, leur dit-il; vos noms? — Mistress Goldsmith, son fils Olivier et sa fille Émilie. Après quelques minutes d'attente, une porte s'ouvrit à deux battants. — *Qu'est-ce que c'est que ça?* prononça une voix railleuse; *qu'est-ce que c'est que ça?* Mais regardez donc, maman, les plaisantes figures! Et, le lorgnon ajusté sur l'œil, mademoiselle Hélène ne se lassait de contempler les nouveaux venus. La comtesse avait froncé le sourcil; elle professait le plus souverain mépris pour la pauvreté; à ce titre donc, les cousins de campagne ne pouvaient être les bien venus. Quant à M. le comte, assis dans un large fauteuil, ses yeux n'avaient pas daigné se lever sur les arrivants: il continuait de lire avec une profonde attention son journal du matin. Cette scène se prolongeait, et Olivier avait beau chercher dans sa mémoire les premières paroles du discours qu'il se proposait d'adresser à son noble cousin; pas une syllabe n'arrivait à ses lèvres. — A ce moment se glissa dans le riche appartement un affreux chien barbet tout couvert de poussière : c'était Tobie, le chien de la famille Goldsmith, qui avait voulu, lui aussi, être de la partie, et qui, après avoir brisé sa chaîne, s'était mis à suivre la carriole à l'insu de ses maîtres. Son entrée fut fort incivile. Il alla droit à une mince et fluette levrette, et, la regardant avec ses façons de prolétaire, il gronda sourdement. — Faites retirer cette vilaine bête, dit d'une voix hautaine la comtesse. Et Hélène, se laissant aller à un fou rire, versa le thé à côté de la tasse de sa mère. — Il est vraiment incroyable que l'on ne puisse même pas déjeuner tranquille chez soi, prononça sentencieusement le comte; ces gens de campagne sont des espèces de sauvages qui ne connaissent pas les lois primordiales de l'urbanité. — Ces gens de campagne, reprit Olivier avec des larmes de honte qui l'étouffaient, croient à la bonté chez les grands. — Tiens, ce petit-là est gentil, il m'amuse, maman, dit Hélène en trempant une mouillette dans son œuf; faites-le donc déjeuner à la cuisine. — La cuisine est pour vos domestiques, mademoiselle, interrompit d'une voix étranglée par la colère le jeune garçon, et non pour votre cousin. — Mon cousin! vraiment? Mais il est délicieux, ce petit bonhomme! Monsieur mon cousin, voulez-vous bien retourner tout de suite à l'école!

— Ah! c'en est trop! s'écria mistress Goldsmith; retirons-nous, mes enfants; gardons notre pauvreté, et n'attendons pas d'assistance des châtelains de Roscommon.

Dès que la carriole fut revenue à son point de départ, Gertrude courut au-devant de ses maîtres. — Je vous les ramène sains et saufs, lui dit maître Nick du plus loin qu'il l'aperçut; votre cher Noll ne sera jamais comte de Roscommon; mais c'est moi, master Nick, qui lui fournirai les moyens d'aller faire ses études à Dublin.

Trente années s'étaient écoulées, et Olivier Goldsmith, qui n'avait plus blonde chevelure, mais qui possédait grande renommée d'écrivain, assistait, dans une loge retirée, à la première représentation de sa célèbre pièce *She stoops to conquer* (elle s'abaisse pour conquérir). La donnée comique de cet ouvrage, où les ridicules de la noblesse de campagne étaient attaqués avec une mordante vigueur, obtint un immense succès. On vint complimenter en foule Goldsmith. Au nombre de la petite cour dont il était entouré, il remarqua une femme modestement vêtue, mais aux traits remarquablement beaux. — Je suis Hélène de Roscommon, lui dit-elle; aujourd'hui que je ne suis plus la riche cousine du pauvre Olivier et que le malheur m'a frappée, je lui demande de le saluer comme poëte, comme grand et noble par le génie. — *Qu'est-ce que c'est que ça? qu'est-ce que c'est que ça?* prononça Goldsmith d'un ton sardonique et en s'enveloppant d'un immense journal; mais regardez donc la plaisante figure! — Oh! fit Hélène, vous me rappelez cruellement mes dures paroles! Adieu, Olivier; je ne pourrai donc jamais vous nommer mon cousin? — Votre cousin de campagne et votre ami, pauvre et digne femme! s'écria en lui tendant la main Goldsmith; appelez-moi de ces deux noms-là, et je ferai dix volumes, s'il le faut, pour vous racheter l'antique manoir de Roscommon.

C. STANFIELD, R. A. PAINTER. | R. WALLIS, ENGRAVER.

LE GOLFE DE VENISE.

LE GOLFE DE VENISE

Le dialogue a lieu dans un atelier de peinture ; il a pour interlocuteurs deux jeunes artistes. Le premier appartient à l'école de Delacroix, le second à celle de Ingres.

QUI croit à Venise aujourd'hui, mon cher Paul?

PAUL. — Moi, je crois à Venise, à ses pompes et à ses œuvres.

GEORGES. — Crois-tu au lion de Saint-Marc, au Lido, au grand canal, aux gondoliers, au palais Ducal?

PAUL. — Je crois fermement à toutes ces choses-là, et à l'appui de ma déclaration, je commence immédiatement dans le genre grave et solennel une invocation à la cité des Doges, à la reine de l'Adriatique........

Venise au front d'or, aux pieds de marbre et de porphyre, tu te mires avec orgueil dans tes eaux! Je vois au premier plan le temple de Saint-Marc, dont le soleil fait étinceler les brillantes coupoles; près de lui le palais Ducal déploie le prestige de son architecture mauresque!.........

GEORGES, interrompant Paul et lui serrant la main. — Assez, mon ami, assez, ton récitatif est suffisamment noté; mais, dis-moi, puisque tu crois à Venise, crois-tu aussi aux blondes à cheveux d'or qu'a créées le pinceau de Rubens, et que Théophile Gautier a rencontrées toutes palpitantes de sang vénitien sur le quai *dei Schiavoni*.

PAUL. — Je crois énormément aux femmes dont les tresses dorées rappellent la belle école flamande. Je crois à Rubens et à son pinceau, à Théophile Gautier et à ses récits.

GEORGES avec un rire strident. — Fort bien, tu es primitif, antédiluvien, bourgeois de la rue Charlot; eh bien donc, j'arracherai à cette vieille fée en domino que l'on nomme Venise le masque dont elle se pare, et je ferai luire à tes yeux la vérité, rien que la vérité, comme l'on dit au Palais de Justice. Durant l'automne de 1836, je me trouvais à Venise; pour te faire échapper à toute description, je te mènerai incontinent avec moi dans le golfe de l'Adriatique.

PAUL, se renversant sur une chaise longue et allumant un cigare. — Nous montons dans une gondole, et nous voilà voguant sur les eaux qui reflètent l'azur du ciel.

GEORGES. — Rétablissons la couleur locale. Je monte avec cinq ou six touristes dans une pauvre barque de pêcheur, et vers la fin de la journée nous atteignons un îlot où se dressent de charmants minarets. J'étais un vrai croyant, à cette époque, et j'avais lu, bien avant que Théophile Gautier écrivît les pages colorées de *Loin de Paris*, que les belles filles de Venise avaient, pour la plupart, les chevelures ardentes dont je suis le plus servile admirateur. Mes compagnons de barque contemplaient la splendeur des eaux; moi, tout entier à mon idée fixe, je cherchais derrière ces étroites fenêtres la réalisation de mes rêves.

Paul, interrompant. — A savoir, une femme rousse.

Georges. — Oui! une femme *Rubens*, tout à coup.....

Paul. — O surprise! ô bonheur inespéré!

Georges. — O bonheur inespéré! ô surprise! une jeune et ravissante créature au front doré m'apparut derrière une fenêtre et m'envoya un divin sourire qui me cloua sur place. La nuit était venue, je revins le lendemain.

Paul. — En gondole cette fois, sans doute, et la guitare à la main, tu chantas une barcarolle?

Georges. — Je revins dans la même misérable barque avec les six touristes : je me trompe, une autre barque chargée de pêcheurs nous suivait; je fis comme les autres, je jetai mes filets. La créature, la vision si impatiemment attendue m'apparut de même que la veille à l'ombre de son éventail et me fit signe qu'elle désirait me voir prendre des poissons.

Paul. — Pêcheur, parle bas.

Georges. — Ce soir-là le poisson ne vint pas. Le lendemain, à la même heure, mon filet était chargé. Tout radieux je tournai les yeux du côté de l'apparition. Elle était là, ami, elle était là et me jeta un sequin, en riant à toutes volées.

Paul. — Pêcheur, parle bas.

Georges. — Que te dirai-je? Pendant quinze jours, je fus assez fou pour aller recevoir de ces belles mains un sequin en échange des poissons que je prenais et que je déposais sur le seuil de l'escalier de la maison qui m'était toujours restée impitoyablement fermée.

A la fin, cette mission me parut se prolonger un peu trop et je suppliai avec des larmes, avec des cris d'enfant dans ma voix, la belle Vénitienne de m'ouvrir sa porte pour que je pusse lui dire un mot.

Paul. — Et la porte resta fermée à Pierrot.

Georges. — Et la porte s'ouvrit. La jeune femme, d'un pas léger, sauta dans la barque, et s'avançant vers moi, elle me dit en pur dialecte de la rue Laffitte : — Bonjour, monsieur Georges R***, comment vous portez-vous? Je connaissais l'habileté de votre pinceau, mais j'ignorais votre aptitude pour la pêche! Dans quelques jours je serai rentrée à Paris, et je chanterai dans l'*Ambassadrice*, vous viendrez m'applaudir, n'est-ce pas? — Jenny Colon! m'écriai-je; quoi, c'est bien vous, Jenny Colon! Ah! vous ne savez pas le mal que vous me faites en détruisant le charme d'un rêve que j'avais formé.

— Un rêve, dit Jenny Colon avec un sourire de rose épanouie: un rêve, mais il me semble que je suis une réalité, et que j'aime beaucoup la friture.

— Oui, repris-je, une réalité désespérante, car, je le vois, il n'y a qu'en France, qu'à l'Opéra-Comique, qu'il me sera permis de trouver la *Belle aux cheveux d'or!*

Sens moral : voilà pourquoi, mon ami Paul, je ne crois plus à Venise, je ne crois plus à Rubens!

CHRONIQUE

FÉVRIER

HISTOIRE DES PRINCIPAUX SALONS DE PARIS

II

LES SAMEDIS DE MADEMOISELLE DE SCUDÉRI. — L'HOTEL DE RAMBOUILLET.
SALONS DE MESDAMES DE TENCIN ET GEOFFRIN.

NOTRE immortel Molière a vertement flagellé de sa plume incisive les *précieuses ridicules*, et cependant ce nom de *Précieuses* fut un diplôme de bel esprit et de pureté morale délivré par l'hôtel de Rambouillet à toutes les femmes distinguées qui réglaient et dominaient la conversation de cette époque. Les Précieuses s'étaient fait une langue de convention pour dépayser les profanes. Ainsi, Paris était *Athènes*, l'île Notre-Dame s'appelait *Délos*, la place Royale, *place Dorique;* Louis XIV se nommait *Alexandre;* Condé, *Scipion;* Richelieu, *Sénèque;* Mazarin, *Caton*. Elles évitaient l'emploi des mots vulgaires et les remplaçaient par des périphrases très-recherchées. Dans leur idiome, un miroir était le *conseiller des grâces*, un fauteuil devenait *une commodité de la conversation*, un bonnet de nuit se transformait en *complice innocent du mensonge*. Ce sont ces subtilités d'un goût au moins douteux que notre poëte comique mit à nu sur la scène, ce qui n'empêcha pas Mmes de Longueville, de La Fayette, de Sévigné, Deshoulières, de s'honorer de ce nom de *Précieuse*, qui rappelait à tous la fondation du premier cercle de Paris où la langue française reçut son extrait de baptême en poursuivant l'œuvre commencée par Malherbe.

L'aïeule et la reine des Précieuses fut Mlle de Scudéri, dont la longue vie (elle mourut presque centenaire) se passa à semer les fleurs du langage le plus raffiné dans le domaine du sentiment.

Soulevez avec nous l'épaisse tenture qui nous dérobe les salons de l'ancien Paris, et voyez

Mlle de Scudéri présidant un de ses célèbres samedis, où se presse l'élite de la cour et de la ville. Grande, sèche, les traits virils, l'auteur de *Clélie*, de *Cyrus*, de *Mathilde*, et de tant d'autres romans chevaleresques, se tient noblement assise dans un vaste fauteuil et reçoit les hommages empressés de l'assistance. Une carte de géographie se dessine sur les antiques boiseries de l'appartement; mais cette carte n'indique qu'un seul pays, le pays de TENDRE, région fortunée dans laquelle chaque berger a un vêtement de soie et joue de la flûte. Voilà toute une société créée d'un trait de plume par l'imagination la plus riche et la plus folle; voilà le village des *Petits-Soins* qu'a découvert le grand Condé, celui des *Jolis-Vers* dû à Mme de Sévigné, et le hameau des *Billets-Doux* bâti par Fléchier. A ces samedis les beaux esprits affluent. Mlle de Scudéri a beau être laide, antique et solennelle; on l'admire, on recueille chacun de ses mots comme une perle des plus rares. Elle a près de quatre-vingts ans, et Pélisson est à ses pieds. « Je ne fais pas difficulté, « lui écrit Mascaron, de vous avouer que dans les sermons que je prépare pour la cour, vous « serez très-souvent à côté de saint Augustin et de saint Bernard. »

Cette royauté du foyer, Mlle de Scudéri la garde encore lorsqu'elle se rend aux soirées de l'hôtel de Rambouillet, de ce noble salon dont Saint-Simon a dit : « C'était le rendez-vous de tout ce qui était le plus distingué en condition et en mérite; un tribunal avec lequel il fallait compter, et dont la décision avait un grand poids dans le monde sur la conduite et la réputation des personnes de la cour et du grand monde. »

Suivons Mlle de Scudéri dans la chambre bleue d'Arthénice (tel était le nom précieux de la marquise de Rambouillet). Chapelain est là, dans un coin, laissant voir sous son manteau râpé un justaucorps de taffetas noir fait aux dépens d'un vieux jupon de sa sœur. Deux abbés, Bélesbat et Du Buisson, causent dans l'alcôve du fameux sonnet d'*Uranie* composé par Voiture. La société se divise ce soir-là en deux camps : les *uranistes*, ayant pour capitaine-général la duchesse de Longueville, et les *jobelistes*, partisans du sonnet de Benserade sur Job, commandés par le grand Condé. La bataille devient générale; Mlle de Scudéri va jeter son gant dans la mêlée, lorsque paraît Voiture, l'œil hagard, le front chargé de nuages : — Qu'est-il arrivé à notre divin ami? Voiture ne dit mot et semble de plus en plus inquiet. — Qu'y a-t-il? mon Dieu! qu'y a-t-il? — Il court de mauvais bruits sur les taches du soleil, répond Voiture. Et tout le monde de rire, mais de rire comme on rit dans la rue et non pas dans le pays de *Tendre*. Voiture, tout précieux qu'il était, avait quelque chose des rapins d'Henry Murger et d'Alphonse Karr. On connaît son billet à Balzac, qui lui avait emprunté quatre cents écus : « Je reconnais, écrivit-il, devoir à « M. de Balzac la somme de huit cents écus pour le plaisir qu'il m'a fait de m'en emprunter « quatre cents. »

Mais le temps marche; le règne de Louis XIII est fini; on ne rit plus des bévues du cardinal de Richelieu, lorsqu'il faisait du poëte Terentianus Maurus une comédie de Térence, ou lorsqu'il se rendait à la place Royale chez la belle Marion et se complaisait à lui redire les vers de Guillaume Colletet. Le règne de Louis XIV suit son cours, après avoir traversé toutes les vicissitudes de *la Fronde*, où l'esprit et la poudre parlaient tout à la fois. L'héritage de l'hôtel de Rambouillet est recueilli par les duchesses de Montausier et d'Orléans, et par Mme de Maintenon, qui continue les traditions du bel esprit français, mais avec plus de mesure et de sévérité. On ne rit plus à Versailles. Le roi s'est fait vieux et s'occupe bien plus des prescriptions de son confesseur, et de son armoire à perruques, que d'un rondeau ou d'un sonnet. Louis XIV meurt, et la régence agite ses grelots au milieu de cette société, où l'ennui s'était glissé sous le froc noir des discussions religieuses et métaphysiques. L'heure est venue de se livrer au plaisir comme aux beaux jours de la Fronde. Après une vie des plus dissipées et des plus orageuses, après avoir été emprisonnée deux fois à la Bastille et au Châtelet, Mme de Tencin se retire dans son salon et commence par faire une généreuse distribution à tous les écrivains et poëtes, ses commensaux, de l'*Esprit des lois* de Montesquieu. Puis, le lendemain, elle les réunit de nouveau et leur fait don de deux aunes de velours pour se faire des culottes.

Cette excentricité met Mme de Tencin à la mode, et son salon devient le centre de tout ce que Paris renferme de plus lettré. Fontenelle s'avise d'éprouver pour elle une profonde passion, et lui demande de compter les battements de son cœur. Posant la main sur la fine dentelle qui recouvre la poitrine de son galant ami : — Ce n'est pas un cœur que vous avez là, s'écrie en riant Mme de Tencin, c'est de la cervelle, comme dans la tête.

Mme de Tencin donnait deux dîners par semaine où elle réunissait les hommes d'esprit qu'elle appelait plaisamment sa *ménagerie*. L'un de ses convives les plus assidus, Prosper Lambertini, devenu pape sous le nom de Benoit XIV, lui envoya son portrait.

Se sentant bien près de mourir, Mme de Tencin voulut compter une dernière fois autour d'elle tous ses spirituels amis. Une femme au maintien digne et élégant se présente : « Voilà, dit en souriant à Fontenelle Mme de Tencin, voilà Mme Geoffrin qui vient faire mon inventaire. »

En effet, le salon de Mme Geoffrin ne tarda pas à s'ouvrir aux encyclopédistes qui, n'ayant plus de cercle attitré, furent trop heureux de trouver près de cette femme, aussi distinguée par le cœur que par l'esprit, un centre de réunion.

Fontenelle, un instant indécis, resta dans la rue. — Que fait-on chez Mme Geoffrin? demanda-t-il à d'Alembert. — On y cause, lui répondit ce dernier; irez-vous? — J'en doute fort, et qu'y fait-on encore? — On y dîne. — Je ne doute plus; j'irai chez Mme Geoffrin, interrompit Fontenelle en riant.

Mme Geoffrin écrivait, ainsi que l'a dit Marmontel, en femme mal élevée qui s'en vantait. Elle avait l'art suprême de faire valoir les esprits les plus modestes et les plus ignorants de leurs qualités. Un jugement exquis remplaçait chez elle l'étude, et sa bienveillance était parfaite. Prenant au sérieux ses devoirs de maîtresse de maison, elle ne cessa d'aider de sa bourse et de son crédit les gens de lettres. Son salon ne fut pas seulement le premier salon de Paris, il devint l'un des premiers salons de l'Europe. Une foule de voyageurs illustres, un grand nombre de princes visitèrent Mme Geoffrin. Elle fut l'amie du comte Stanislas Poniatowski, qui, devenu roi de Pologne, lui écrivit, en l'engageant à venir à Varsovie : « Maman, votre fils est roi. »

Le jour où cette lettre lui parvint, Mme Geoffrin, les mains presque recouvertes de longues manches plates, était assise dans son fauteuil qu'entouraient Thomas, d'Alembert, Morellet, Suard, Delille.

— Eh bien ! leur dit-elle, mes enfants, voilà l'un de mes fils élu roi ; j'ai soixante-seize ans, ce qui ne m'empêchera pas d'assister à son couronnement.

En effet, elle partit quelques jours après pour Varsovie, malgré les représentations de ses amis.

De retour à Paris, Mme Geoffrin changea toutes les allures de son salon. Des scrupules religieux lui firent éconduire successivement ses hôtes privilégiés, les encyclopédistes. — Allons, dit l'un d'eux en prenant congé de sa bienfaitrice, je ne rentrerai dans cette chère maison que pour pleurer sur un cercueil.

Le salon de Mme Geoffrin fut le dernier asile de l'esprit français de cette époque. La révolution de 89 renversa le trône de ces femmes aimables qui présidaient les tournois du beau langage. Le club des *tricoteuses* remplaça ces demeures hospitalières, où la discussion la plus vive, la plus animée, se gantait jusqu'au coude et prenait les formes de la plus exquise urbanité. Les clameurs, les vociférations, les injures grossières, les apostrophes sanglantes, voilà ce que les femmes de Paris apprennent à entendre durant la tourmente révolutionnaire ; et la princesse de Lamballe, cette pâle figure de l'aristocratie expirante, monte sur l'échafaud !

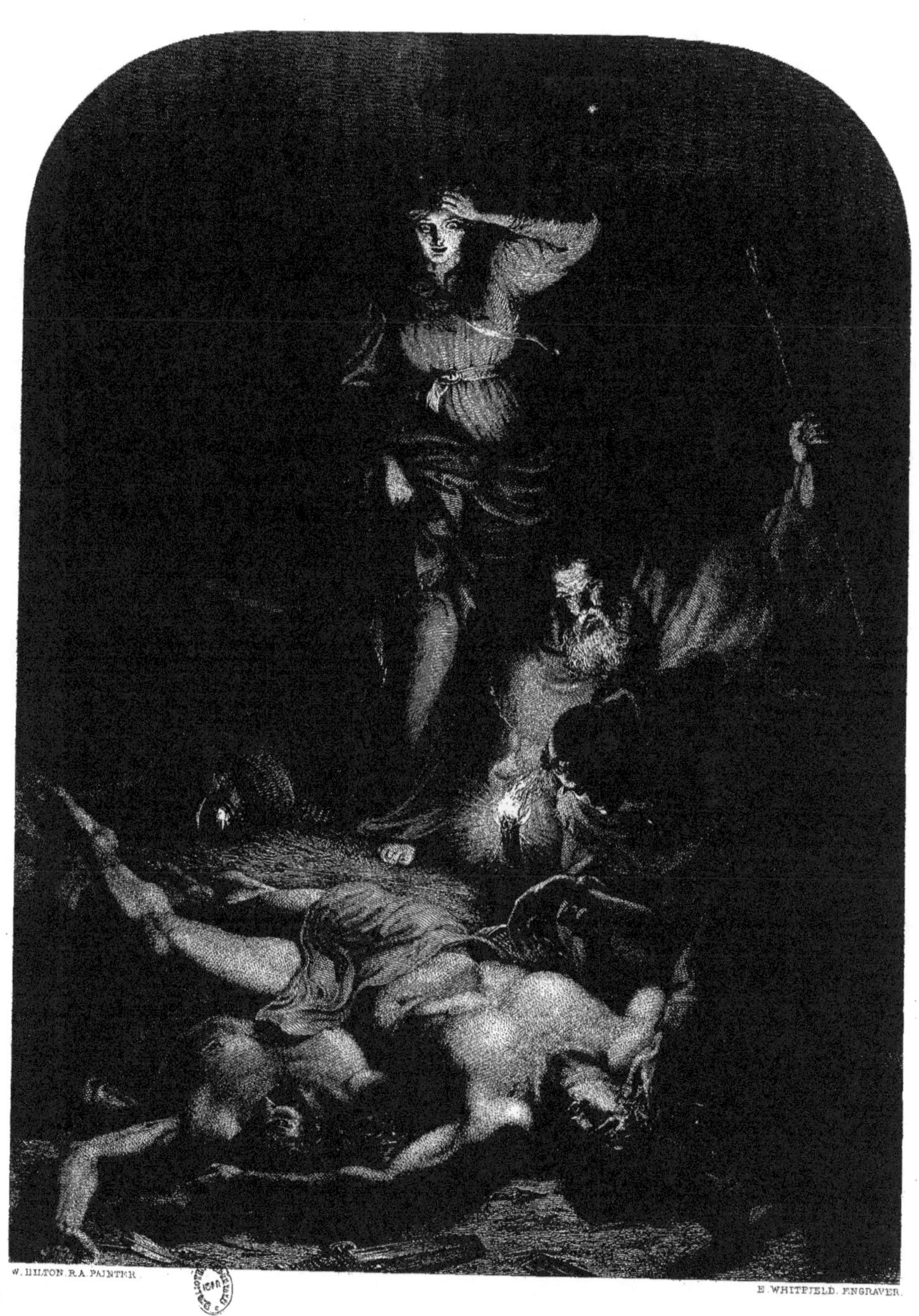

W. HILTON R.A. PAINTER.

E. WHITFIELD. ENGRAVER.

LA MORT D' HAROLD.

LA MORT D'HAROLD

AINQUEUR des Norwégiens à Stamfordbridge, Harold célébrait sa victoire au banquet royal, à York, entouré de ses thanes, quand un messager vint lui annoncer la descente des Normands sur la côte de Sussex. — Souhaitons la bienvenue au noble duc Guillaume! s'écria Harold en portant la coupe à ses lèvres frémissantes.

— *A sa mort ou à sa captivité!* répondirent d'une commune voix les thanes et les guerriers.

Quelques instants après, Harold gravissait à cheval une dune escarpée qui dominait la mer. Suivi de son jeune neveu Haco, il atteignit une humble cabane où priait un moine agenouillé. — Vénérable Ulric, lui dit-il, les destinées de l'Angleterre vont s'accomplir; bénissez mes armes.

Le religieux s'agenouilla et prononça une fervente prière. — Que cette croix, prononça-t-il en se relevant, précède votre bannière, et qu'elle vous donne la force qui vient de Dieu!

— Haco!.... appela Harold, après avoir baisé la croix d'or que lui présentait le moine; prends cette sainte relique, qui sera attachée à notre étendard le jour de la bataille.

Mais Haco, sombre et méditatif, ne répondit pas à cet appel. — Il y a là, dit-il, sans quitter la bride des chevaux, il y a là, au bas de la dune, une jeune femme qui pleure; et là-haut, au ciel, une étoile qui jette de pâles lueurs. O Harold! ô mon maître! cours à ton palais, mets ta meilleure cuirasse, et que Dieu te protége!

— Une femme qui pleure? interrompit Harold en sortant de la cabane. Et son œil, plongeant du haut de la dune sur la grève, reconnut Édith, sa fiancée. En quelques minutes il fut auprès d'elle, et la prenant dans ses bras. — Chère âme de ma vie! lui dit-il, la nuit vient, il faut nous dire un mutuel adieu; je reviendrai vers toi victorieux, et le jour qui sera témoin de ma gloire sera aussi témoin de notre union. — A ce moment un cri funèbre traversa l'espace. — C'est le cri de l'orfraie, de l'oiseau de malheur, murmura à voix basse Haco; partons, mon maître, partons, nos heures sont comptées.

— Chère Édith, dit Harold, si je succombe, promets-moi que tu viendras déposer sur mes lèvres le baiser de nos fiançailles, et que tu feras inhumer mon corps en terre sainte. — Pourquoi, Seigneur, ces tristes pensées, reprit la jeune fille en sanglotant; non, mon

Harold ceindra son beau front de la couronne du triomphe, et la croix du Christ le protégera contre ses ennemis.

— Regardez cette étoile qui se montre au ciel, s'écria Haco, ce sera, noble Édith, la torche funèbre qui dirigera vos pas sur le champ de bataille si nous sommes vaincus.

— Arrière! enfant de la peur, arrière! prononça Harold avec dédain; montez à cheval et fermez votre bouche timide pour songer à tirer l'épée du fourreau!

. . . .

L'aube se levait, et Guillaume, qui avait employé huit mois aux préparatifs de sa formidable expédition, marchait directement sur Hastings à la tête de cinquante mille cavaliers et d'un corps nombreux d'infanterie.

A neuf milles de Hastings, sur une hauteur ouverte vers le sud et défendue sur les derrières par un bois fort étendu, Harold avait rangé ses guerriers en bataille. Au centre de son armée flottait l'étendard royal, représentant un guerrier dans l'attitude du combat, et que dominait la croix bénie. Près de cet étendard se tenaient Harold, ses deux frères, Gurth et Leofevin, et son neveu Haco.

Sur l'éminence opposée se montrait le duc de Normandie, avec ses archers et ses arbalétriers, en tête de ses nombreuses troupes. Toustain, surnommé *le Beau*, portait en avant la bannière que le pape avait envoyée à Guillaume comme gage de la victoire

Au moment où les deux armées allaient s'ébranler, les Normands poussèrent le cri national: *Dieu est à notre aide!* auquel les Anglais répondirent avec force par le cri de: *Croix du Christ! la Sainte Croix!*

Aussitôt Guillaume fit avancer ses archers et charger sa cavalerie; mais les Anglais opposèrent sur chaque point une masse solide et impénétrable; ni les boucliers, ni les corselets des Normands ne purent résister aux haches de bataille des soldats d'Harold, dont les coups, portés par des bras vigoureux, ne manquaient jamais leur but. Après deux heures d'une lutte acharnée, les Normands commencèrent à plier, et Guillaume, renversé de cheval, fut foulé aux pieds. Mais, se relevant plus terrible que jamais, le casque à la main, il se jeta au milieu des fuyards. — Je vis, enfants! s'écria-t-il; et avec l'aide de Dieu je serai vainqueur! A la rescousse! Sus! sus à l'Anglais! — Ces paroles électrisent ses guerriers qui, comme le sanglier blessé, se retournent menaçants et fondent tête baissée sur leurs adversaires.

A ce moment, chevaliers et hommes d'armes combattaient corps à corps. Harold, suivi d'Haco et de ses frères, fait des prodiges de valeur. — *Par la croix du Christ, mort! mort aux Normands!* — *Par Notre Dame, mort! mort aux Anglais!* Et c'est en invoquant le Dieu de paix et de bonté que des deux côtés on s'entre-tue.

Harold a renversé tout ce qui s'opposait à son passage; il a vu Guillaume à quelque distance de lui; il va l'atteindre et lui porter un coup furieux!

— Baisse la tête! baisse la tête! ô mon maître! crie la voix fatale d'Haco; mais une flèche, plus rapide que cet avertissement, traverse l'œil d'Harold, qui tombe raide mort.

Vingt Normands entreprennent de s'emparer de la bannière de l'Angleterre; les frères du roi et Haco défendent avec intrépidité l'étendard sacré, et font mordre la poussière à leurs ennemis. A la fin, pressés de tous côtés, et forcés de part en part, ils tombent aussi pour ne plus se relever.

— Croix du Christ! prononce dans le dernier râle de la mort Haco, protége nos sépultures! — Et la bannière royale, déchirée et toute sanglante, étend ses plis comme un suaire sur tous ces corps accumulés.

La mère du dernier roi des Anglo-Saxons fit réclamer au vainqueur le corps de son fils. — Il gardait la côte d'Angleterre quand il vivait, répondit Guillaume aux envoyés chargés de lui adresser cette demande, il la gardera encore après sa mort. — Et, dans le premier moment d'ivresse de la victoire, il défendit qu'on relevât le cadavre d'Harold.

Lorsque les ombres de la nuit s'étendirent sur le champ de bataille d'Hastings, un vent impétueux se leva. Toute l'armée normande dut chercher un abri dans les bois et renoncer à dépouiller les morts. Au milieu de cette affreuse tempête, une jeune fille d'une rare beauté, l'œil hagard, parcourait comme une insensée ce terrain couvert de sang, d'armes brisées et de cadavres qui, soulevés par le vent, semblaient encore se ruer les uns contre les autres dans une dernière et horrible étreinte. Le ciel était noir; une seule étoile, l'étoile que Haco avait désignée la veille, projetait ses sombres feux. Deux religieux, le vénérable Ulric et le jeune Osgord, précédaient la pauvre Édith, car c'était elle qui, fidèle à la promesse faite à son bien-aimé, venait au rendez-vous de la tombe.

C'est en vain que, penchée sur toutes ces pâles figures, Édith cherche à découvrir les traits d'Harold; jusqu'ici la mort semble lui refuser sa proie. Tout à coup son pied heurte une cotte de maille; elle se baisse : — Haco! Haco! s'écrie-t-elle en frémissant, c'est toi!... ton maître n'est pas loin. Et, portant la main à son front, elle écarte son épaisse chevelure, regardant avec avidité les cadavres gisants devant elle.

— Il est là, dit froidement le moine Osgord en soulevant la tête d'Harold; il est là, et ses deux frères sont à ses côtés.

A ces mots, Édith s'avance; son désespoir est tel qu'elle n'appartient plus à la terre; elle se précipite sur le corps de son fiancé, et unissant ses lèvres aux lèvres froides d'Harold : — Me voilà, dit-elle, ami, reçois ce baiser que je t'avais promis, et qu'il nous unisse à jamais dans le ciel. — La pauvre enfant n'avait pas fini de murmurer ces mots que les deux moines la relevaient inanimée et sans vie. Le lendemain, ils priaient pour les deux âmes d'Harold et d'Édith, après avoir racheté du duc Guillaume le corps de leur roi au prix de vingt marcs d'or.

LES RUINES DE TIBUR

Les ruines inspirent d'ordinaire des idées mélancoliques, car elles vous rappellent l'instabilité des choses humaines; mais les ruines de l'Italie, lorsque le soleil vient les caresser de ses lames dorées, n'apparaissent que sous une forme lumineuse qui fait révivre le passé avec toute sa splendeur!

Des tours crénelées, des restes de monuments mêlés ensemble et confondus, voilà Tivoli, voilà ce qui reste de l'ancien Tibur. Au pied d'un temple, l'Anio, comme un vers qui murmure, étend sa nappe argentée.

Le jour allait s'éteindre, et la barque qui m'avait amené dans ce site délicieux tendait sa blanche voile à l'horizon comme signal de rappel, lorsque le chant harmonieux d'une mère qui berçait son enfant vint charmer mon oreille attentive.

Dans ces riches campagnes de l'Italie, on se laisse aller facilement à tous les mirages de l'imagination. Ce chant si doux, si tendre, répété par un petit garçon qui se tenait assis près de sa mère, m'allait à l'âme et me rappelait les prières que les anciennes matrones romaines adressaient à la sibylle pour conjurer le mauvais destin de leurs enfants. Ce temple en ruines se rebâtit en un instant à mes yeux.

Rangés des deux côtés des gradins de l'autel, des prêtres entièrement vêtus de blanc se tenaient immobiles. L'un avait la tête couverte d'un voile, l'autre tenait dans ses mains une guirlande votive et une baguette blanche; le troisième portait un long instrument à vent sur lequel il joua un air grave et solennel. Un autre prêtre s'élança en avant, et dansa avec des gestes sauvages; puis il s'assit sur un trépied, et s'agitant avec frénésie il conjura la sibylle de répondre. Mais la sibylle se tut.

Deux fois la question fut posée, deux fois le même silence se fit; à la fin, un cri rauque et bizarre se fit entendre! Quels accents la sibylle avait-elle été chercher pour rassurer une pauvre mère sur le sort de ses enfants? Il y avait là de quoi ébranler le courage d'une armée! Je me demandais d'où pouvait venir cet atroce hurlement lorsque, promenant mes yeux autour de moi, je trouvai la réalité, c'est-à-dire un temple en ruines, une mère qui allaitait l'un de ses enfants en le berçant d'une chansonnette, tandis qu'un joyeux baudet adressait à la nature l'appel le plus discordant qui se pût imaginer.

Mon rêve d'une minute s'évanouit, et je remontai tout confus sur la barque, qui me ramena aux Cascatelles.

R. WILSON R.A. PAINTER. C. COUSEN ENGRAVER.

LES RUINES DE TIBUR.

H. MANDEVILLE PARIS.

CHRONIQUE

MARS

HISTOIRE DES PRINCIPAUX SALONS DE PARIS

III

MADAME ROLAND. — MADAME DE BEAUHARNAIS (JOSÉPHINE BONAPARTE)
MADAME RÉCAMIER.

u milieu de l'effervescence populaire, un salon reste ouvert : celui de Mme Roland. Les Girondins affluaient dans ce cercle où présidait une femme d'élite qui, malgré le silence qu'elle s'imposait dans les discussions politiques, laissait deviner ses sympathies par le mouvement de ses lèvres frémissantes et le regard de deux beaux yeux.

Fille d'un artiste graveur, Mme Roland avait passé son enfance dans une retraite studieuse. Les républiques d'Athènes et de Rome avaient enflammé sa jeune imagination d'un saint amour pour la liberté, et bien souvent, ainsi qu'elle le dit dans ses Mémoires, elle emportait à l'église, avec son Paroissien, un volume de Plutarque. Unie par les liens du mariage à un homme d'une probité sévère, Mme Roland devint l'âme vivifiante de son foyer. On se réunissait dans cette grave et tranquille maison de cinq à neuf heures du soir. Après un dîner des plus modestes, on parlait des affaires publiques, on rêvait pour la France une ère d'indépendance, lorsque les piques sanglantes se promenaient dans les rues. Robespierre, Danton se rendaient assidûment à ces soirées, et déjà Mme Roland avait pressenti leur fatale action sur les destinées du pays ; aussi leur opposait-elle dans le sein de l'Assemblée nationale les plus éloquents orateurs du parti de la Gironde.

Mais le funèbre roulement de tambour, ordonné par Santerre, venait d'apprendre à l'Europe indignée la mort d'un roi martyr. C'était le 21 janvier 1793 ! une lutte désespérée s'engage entre le parti de la Gironde et celui de la Montagne. Saint-Just s'écrie : Il faut que le glaive des lois se promène partout avec rapidité ! — Tous les Girondins sont mis hors la loi, et Mme Roland est arrêtée dans son hôtel. Au moment de son arrestation, elle nouait ses beaux cheveux noirs et achevait sa toilette. — Allons, dépêchez-vous, citoyenne, lui cria rudement le délégué de la commune, qui venait de faire apposer les scellés sur un piano, ne sachant à quel usage conspirateur pouvait servir cet instrument. Les domestiques fondaient en larmes. — Il y a donc des gens qui vous aiment? demanda le délégué à Mme Roland. — Je n'ai jamais été entourée que de ces gens-là, lui répondit-elle avec un sourire baigné de larmes.

Un fiacre s'avance : *A la guillotine!* hurlent deux cents figures hideuses, et Mme Roland est conduite à l'Abbaye. A peine enfermée sous de triples verrous, elle prie Dieu et récite les vers de Thompson, son poëte favori. Le peu d'argent qu'on a bien voulu lui laisser est consacré par elle aux détenus les plus pauvres de l'Abbaye. Du pain, de l'eau, quelques légumes, voilà son repas quotidien; quelques fleurs aux barreaux de sa fenêtre, voilà le seul luxe de sa prison !

Transférée quelque temps après à Sainte-Pélagie, où sa captivité devient plus étroite, son cœur de femme et de mère s'épanche dans des notes pleines d'une fervente tendresse pour son mari et pour sa fille.

C'est en vain que Chauveau-Lagarde défend avec une éloquence passionnée cette noble et courageuse femme devant le tribunal révolutionnaire; elle est condamnée à mort. — Le 8 novembre 1793, Mme Roland monte sur le fatal tombereau qui doit la conduire au lieu d'exécution. Vêtue d'une robe blanche sur laquelle retombe sa magnifique chevelure, elle salue en passant la statue de la Liberté et s'écrie : « Que de crimes on commet en ton nom ! » puis quelques instants après, son front pur se couche sur la planche chaude encore du sang de Marie-Antoinette !

Dans ces jours de terreur, un autre salon, où brillaient la grâce la plus exquise, l'esprit le plus chevaleresque, allait aussi fermer ses portes; ce salon était celui de Mme de Beauharnais. Son mari, le vicomte Alexandre de Beauharnais, élu deux fois président de l'Assemblée constituante et nommé général en chef de l'armée du Rhin, est dénoncé. Son dévouement, sa gloire acquise, sont autant de titres de condamnation; le 21 juillet 1794, il périt sur l'échafaud.

Mme de Beauharnais est jetée en prison, et son fils Eugène est confié aux mains obscures d'un menuisier. Ainsi, celui qui devait un jour s'appeler vice-roi d'Italie, bien loin alors de ces grandeurs futures, commençait par porter la veste du simple ouvrier.

Mais bientôt, grâce à la protection du général Hoche, Eugène quitta son rabot et prit une épée. Officier dans l'armée de la Vendée, il avait obtenu une permission de quelques jours pour venir à Paris embrasser sa mère rendue à la liberté. Lorsqu'il touche au seuil de la demeure maternelle, il entend la voix impérieuse de quelques sbires de la police qui réclament le sabre laissé par son père, en vertu d'un ordre de la Convention, aux termes duquel les habitants de Paris étaient tenus de remettre leurs armes dans les vingt-quatre heures. — Vous n'aurez pas, leur dit-il avec une mâle énergie, l'unique héritage auquel je tiens plus qu'à ma vie, et prenant l'arme dans ses mains, il court chez Bonaparte, alors général en chef de l'armée de l'intérieur. — Général, lui dit-il, au nom de l'honneur, au nom de votre gloire, laissez-moi le sabre de mon père; je vous promets que je ne m'en servirai que pour la défense de la patrie.— Vivement touché du mouvement de piété filiale et de noblesse d'âme qui dictait la démarche du jeune Beauharnais, Bonaparte l'embrassa et le choisit pour aide de camp.

Cette circonstance amena la liaison qui se forma entre Bonaparte et Mme de Beauharnais, dont le mariage ne tarda pas à être célébré.

Après la glorieuse campagne d'Italie, le petit hôtel de la *rue de la Victoire* fut encombré de visiteurs; mais Mme Bonaparte sut écarter peu à peu la foule que n'aimait pas le héros d'Arcole et de Rivoli. Quelques savants, tels que Monge, Berthollet, Borda, Laplace, Lagrange, plusieurs généraux, Kléber, Desaix, Lefebvre, Cafarelli, un petit nombre de députés formaient sa société habituelle.

A la suite des jours de Brumaire, le général Bonaparte, devenu premier consul, s'était installé au Luxembourg, mais le palais Médicis n'était réellement que sa résidence politique; c'était à la MALMAISON qu'il réservait ses loisirs. C'était là qu'il recevait ses compagnons d'armes, ses amis, ses confidents.

Le château de la Malmaison n'était pas grand, mais le salon, la salle à manger étaient d'une décoration charmante. Des tables de mosaïque de Florence, des pendules en lapis et en agate, des bronzes d'un travail précieux et d'admirables porcelaines de Sèvres s'y voyaient à chaque pas.

Les matinées de Joséphine étaient employées le plus souvent à visiter les serres du château qui étaient fort riches en plantes exotiques. Redouté, le célèbre peintre de fleurs, l'accompagnait souvent dans ses excursions matinales. Puis venaient ces fêtes dont le souvenir a survécu aux splendeurs de la Malmaison; puis les *parties de barres*, auxquelles chacun prenait une si vive part, et surtout le premier consul, qui retrouvait dans ces jeux ses premiers souvenirs de Brienne et quelque folle image de ses immortelles batailles.

Quand on avait repris haleine, on se réunissait habituellement, vainqueurs et vaincus, autour d'une collation champêtre, et après quelques heures de repos on passait au théâtre où l'on jouait la comédie sous la direction de Michot; les principales pièces du répertoire étaient le *Barbier de Séville*, le *Dépit amoureux*, la *Gageure imprévue*. Bonaparte ne prenait point de rôle; il composait avec Rapp, Jérôme, Isabey, Didelot et ses convives du jour l'auditoire dont la critique s'endormait rarement.

A peu d'exceptions près, tout le monde était traité sur le pied d'une égalité dont personne ne se plaignait. Qu'on se figure cette société si jeune encore, si pleine d'avenir et d'un avenir prodigieux, si joyeuse de sa noble existence, de sa gloire présente, et l'on pourra se faire une idée de ce qu'étaient sous le Consulat les salons de la Malmaison où, à côté de Murat, Berthier, Duroc, se rencontraient Volney, Denon, Lemercier, Isabey, Talma, Larrey, le prince de Poix, M. de Talleyrand, Hortense de Beauharnais, Pauline Bonaparte, Mme Récamier.

Nous venons de prononcer un nom qui, après avoir traversé plusieurs époques de notre société parisienne, est demeuré dans nos salons le symbole de la plus angélique beauté.

Mme Récamier était la fille d'un simple employé des postes. A l'âge de seize ans, elle épousa le riche banquier Jacques Récamier, qui, pendant de longues années, occupa l'hôtel de la rue de la Chaussée-d'Antin, dont la magnifique avenue de tilleuls existait encore il y a quelques années. MM. Adrien et Mathieu de Montmorency, de Lamoignon, dont les noms illustres avaient cessé d'être pour eux une sentence de mort, et qui ressuscitaient en quelque sorte au milieu des ruines de la Révolution, apportaient dans le salon de Mme Récamier cette élégance de mœurs, ces formes françaises qui appartenaient exclusivement autrefois à leurs nobles aïeux. MM. de Narbonne, de Ségur, Camille Jordan, les généraux Junot, Bernadotte, Eugène de Beauharnais, étaient aussi les hôtes assidus de ce cercle d'élite.

Talma y récitait souvent ses scènes les plus dramatiques. A une soirée donnée en l'honneur de Fox, Talma commença par une scène d'Othello; il dit ensuite, à la prière de Mme Récamier, le fameux récit de Macbeth.

La voix basse et mystérieuse de l'artiste, son regard qui s'altérait pour exprimer un souvenir horrible, avaient fait la plus profonde impression sur l'auditoire.

Mais Talma parti, la poésie fit place à une autre muse. Le personnage nouveau qui survenait, n'était rien moins que Vestris, le fils du dieu de la danse. Il venait faire répéter à Mme Récamier une gavotte qu'il avait composée pour elle et Mlle de Coigny. Cette gavotte devait être dansée le lendemain à un bal chez la duchesse de Gordon. Il ne pouvait être question de renvoyer un maître tel que Vestris. La gavotte fut dansée au son de la harpe et du cor.

Mme Récamier, le tambour de basque à la main, l'élève au-dessus de sa tête avec une grâce toujours nouvelle, pendant que lady Georgina, fille de la duchesse de Gordon, semble abriter sous un châle des Indes ses charmes que cachent à demi les ondulations du flexible tissu. Il y a, dans ses attitudes, ce mélange d'abandon et de pudeur qui embellit encore les formes les plus gracieuses; mais les mouvements et les poses variées de Mme Récamier parvinrent encore à distraire les yeux les plus occupés de la danse de lady Georgina. Il y avait surtout dans le sourire de la femme charmante une séduction irrésistible qui faisait pencher les suffrages de son côté.

Après la gavotte, une scène dramatique, *Agar au désert*, fut jouée par Mmes de Staël et Récamier. Il serait difficile de décrire l'effet produit par Mme de Staël dans ce rôle éminemment dramatique. Avec ses longs cheveux épars, elle s'était complétement identifiée au personnage, comme Mme Récamier avec sa céleste beauté était la personnification du messager du ciel.

. . . . . — Il en est de la vie comme de la richesse, disait à trente ans de là Mme Récamier, en rappelant cette fête à l'un de ses plus anciens et plus dévoués amis. Nous en sommes prodigues quand nous l'avons en abondance devant nous, et nous ne nous y attachons que lorsqu'elle tire à sa fin. — Mais vous êtes toujours jeune, toujours belle en dépit des années, lui fut-il répondu. — Non, non, interrompit Mme Récamier avec un geste plein de grâce; depuis que les petits Savoyards ne se retournent plus dans la rue pour me regarder, j'ai compris que tout était fini!

LE DERNIER VENU

LE DERNIER VENU

Malgré ses neuf ans et ses blonds cheveux, Henri aimait beaucoup la solitude des champs et peu les plaisirs de son âge. Muni de son frugal panier, loin de suivre la rue qui le conduisait directement à l'école de maître Jacques, située dans un hameau aux portes du Havre, il prenait la route la plus longue et arrivait toujours le dernier. Le magister, qui avait apprécié toute la précoce intelligence de l'enfant, ne lui infligeait pas pour ce méfait quotidien de bien lourds châtiments; il se bornait, lorsqu'il le voyait entrer dans la classe, à se lever révérencieusement et à lui souhaiter un bonjour ironique, puis il le faisait asseoir sur la sellette et lui posait les questions grammaticales les plus hérissées de difficultés.

L'école, d'une commune voix, avait surnommé Henri *le dernier venu*. Filles et garçons ne le désignaient que sous ce nom; — car maître Jacques distribuait libéralement sa science aux deux sexes, et avait institué, en outre, dans une soupente de sa grande salle, une manière de crèche où les mères pauvres venaient allaiter leurs enfants, où les vieilles mendiantes dormaient en toute sécurité.

Mais un jour Henri disparut tout à fait. La journée se passa sans qu'on le vît apparaître dans l'assemblée enfantine. Maître Jacques, qui, la veille, l'avait menacé du martinet, se rendit tout inquiet chez ses parents. Depuis le matin Henri avait quitté la maison paternelle et on ne savait de quel côté il avait porté ses pas. Tout à coup sa vieille bonne, Marie Talbot, apporte un énorme volume renfermant les visions des ermites au désert. — Notre enfant, s'écrie-t-elle, aura voulu, à l'exemple des grands saints, se faire ermite; je suis certaine que je le trouverai dans les bois.

En effet, le matin même, Henri, au lieu de se rendre à l'école, s'était glissé dans un bois voisin de la ville. Ce lieu lui parut un désert; il le crut inaccessible aux hommes, et, résolu de s'y faire ermite, il y passa la journée dans la plus douce quiétude. Cependant, vers le déclin du jour, l'appétit se faisant sentir, l'enfant se mit en prière, attendant qu'un ange vînt lui apporter la manne céleste. Un vent froid soufflait, les oiseaux avaient cessé leur ramage, et notre petit solitaire se préparait à passer la nuit sur l'herbe, au pied d'un arbre, lorsque l'ange si impatiemment attendu apparut sous la forme mortelle de la bonne Marie Talbot.

Le lendemain, M. Henri, escorté de ce digne aide de camp, rentrait à l'école aux acclamations de la multitude.

Le 21 janvier 1814, un vieillard aux traits nobles, à la chevelure argentée, s'éteignait dans sa maison d'Éragny, sur les bords de l'Oise. La terre était couverte de neige. A midi, le soleil perça les brouillards, et l'un de ses rayons tomba sur le visage décoloré du mourant. — *Le dernier venu;* « ô mon Dieu! » dit-il faiblement, et son âme monta vers son Créateur. Ce vieillard, dont le dernier soupir avait été un pieux souvenir d'enfance, s'appelait Henri Bernardin de Saint-Pierre, l'immortel auteur de *Paul et Virginie!*

LE RETOUR A L'ÉTABLE

On voit beaucoup de gens qui, partisans avoués de l'école du *bon sens*, avancent que George Sand a créé, dans ses romans et dans ses pièces de théâtre, des paysans impossibles. La nature qui les environne est fidèlement reproduite, disent-ils, mais ces braves villageois parlent comme des professeurs de rhétorique, et leur langage est beaucoup trop élevé. — Eh bien! nous demanderons à ces incrédules la permission de leur présenter un simple gardien de troupeaux, Pierre Froment, qui, depuis trente ans, est berger dans une ferme près de Compiègne.

Pierre ne voit pas le monde; il vit avec ses bœufs, ses vaches et ses moutons. Son coursier, lorsqu'il fait des traites lointaines, est un bon gros âne gris qui s'appelle Jacquot. Tout seul dans la plaine, sur le versant des collines, au pied des ruines, Pierre élève son âme dans les régions éthérées; il lit Jean-Jacques, Bernardin de Saint-Pierre, Châteaubriand, Lamartine, tous ces grands peintres de la nature, et son langage revêt une certaine élévation.

Le soir, lorsqu'on rentre à l'étable, Pierre Froment adresse un chant de sa composition à ses amis : *Dame Jeannette* et *Marie la Rousse*, les vaches laitières, *Freluquet*, le bélier, *Fidèle*, le chien de garde. Ce chant, nous l'avons transcrit à l'ombre des taillis qui bordent l'entrée de ce village. Le voici dans sa naïve simplicité :

Berger, peux-tu goûter des charmes
Au sein d'un si honteux repos?
Viens chercher de nobles travaux
Sous l'étendard du Dieu des armes.

Preux chevalier, sous cet ormeau,
Je chanterai votre victoire;
Mais laissez-moi vivre sans gloire
Près d'Annette et de mon troupeau!

Annette est la nièce de Pierre Froment. Les garçons diront qu'il n'y en a pas une de plus jolie qu'elle; les filles ajouteront qu'il n'y en a pas de plus douce et de plus charitable.

E. VERBOECKHOVEN PAINTER. J. COUSEN, ENGRAV'D.

RETOUR À L'ÉTABLE.

CHRONIQUE

AVRIL.

HISTOIRE DES PRINCIPAUX SALONS DE PARIS

IV

L'IMPÉRATRICE JOSÉPHINE. — L'IMPÉRATRICE MARIE-LOUISE.

'EMPIRE, a dit un écrivain distingué, avait tous les caractères possibles pour offrir de belles fêtes; il était conduit, dans ses premières années, par la gloire et par un bonheur inouï; il commandait à des illustrations toutes jeunes. Le prix du luxe n'est bien senti que par les classes progressives et au moment où elles arrivent. — Elles n'y sont pas habituées; elles sont ravies de son décor et rêvent même déjà de le compléter et de l'étendre. Cette civilisation, qui renaissait alors à Paris dans de nouvelles sociétés polies, l'Europe s'était déjà empressée de la copier; elle la répétait. Il fallait venir à Paris pour l'apprendre, car nous n'avions pas alors cette presse quotidienne, vaste et attentive, qui inscrit de manière à pouvoir le recopier tout ce va-et-vient de la société. De là le charme des salons à cette mémorable époque. — Et puis l'Empereur secondait ce mouvement si favorable à la consolidation de la France dans sa nouvelle société.

Les salons de la Malmaison, qui s'étaient ouverts sous le Consulat à toute cette jeunesse avide de plaisir et de gloire, continuèrent leurs aimables et gracieuses traditions, même en présence des fêtes grandioses du palais des Tuileries. La bonne impératrice Joséphine s'était fait là, comme elle se plaisait à le dire, un petit coin à part. Sa noble protection pour les arts, ses encouragements constamment prodigués aux artistes, lui avaient attiré tous les cœurs. L'Impératrice comprenait que non-seulement il faut accorder une rémunération large au talent, mais encore l'entourer des égards qui lui sont dus. Heureux de ses suffrages, de son affable bonté, Gros, Girodet, Guérin, Isabey, Redouté, Spontini, Mehul, Paër, Boïeldieu, Fontanes, Arnault, Andrieux, Lemercier et tant d'autres encore dont les noms échappent à notre plume, conservèrent toujours pour Joséphine l'admiration dévouée dont elle était digne.

Girodet, dont l'esprit vif et brillant avait cependant une teinte de mélancolie, était l'un des fidèles de la Malmaison. Il parlait peu de lui, moins encore de ses tableaux; mais, en revanche, il causait très-volontiers de son exécution sur le violon. Paër, dont on admirait le beau talent pour la composition, était indispensable dans toutes les soirées musicales organisées par l'Impératrice. Cicéri, outre sa juste célébrité pour la peinture, chantait à merveille et sans prétention; il contrefaisait avec une rare perfection tous les chanteurs de l'époque et tous les acteurs à la mode. Isabey, son beau-père, apportait, lui aussi, aux réunions de la Malmaison, une part de gaieté intarissable et une collection d'histoires plus amusantes les unes que les autres. Un trait conté par lui était accompagné de gestes si expressifs que l'on croyait voir réellement les personnages dont il parlait. Carle Vernet, par la bizarrerie de son esprit, était d'une société charmante quand il voulait bien renoncer aux calembours. Cherubini contait aussi merveilleusement bien. Nous n'en finirions pas si nous voulions retracer ici, même dans une courte et pâle esquisse, combien l'impératrice Joséphine avait su donner aux réunions de la Malmaison un caractère d'esprit facile et aimable, et cependant de noble familiarité.

Après la dissolution de son mariage, Joséphine conserva son titre d'Impératrice, et se retira au château de Navarre, dans le département de l'Eure. Ses douces vertus y brillèrent du même éclat que sur le trône. Ce ne fut point les Tuileries qu'elle regretta, mais Napoléon. Dans sa retraite, elle eut du moins la consolation d'être visitée par son ancien époux qui lui garda toujours un attachement inaltérable.

Napoléon, lorsque son destin eut cessé d'être lié à celui de Joséphine, put jeter un regard sur toutes les cours de l'Europe, et désigner la dynastie avec laquelle il lui convenait de s'allier.

Son mariage civil avec Marie-Louise, archiduchesse d'Autriche, eut lieu, le 30 mars 1810, au palais de Saint-Cloud. Le 31, l'Empereur et l'Impératrice firent leur entrée dans la capitale, au milieu d'un immense concours de peuple. La bénédiction nuptiale fut donnée à Napoléon et à Marie-Louise par le grand aumônier de France, le cardinal Fesch, dans une salle de la galerie du Louvre qui avait été disposée en chapelle. Toute la famille impériale assistait à cette solennité qui eut aussi pour témoins un grand nombre de souverains et de princes étrangers. Peu de jours après, la ville de Paris donna un grand dîner à Leurs Majestés.

Quelques mois plus tard, le prince de Schwartzenberg, ambassadeur d'Autriche à Paris, offrait un magnifique bal à la fille de son souverain. Napoléon s'y rendit, accompagné de Marie-Louise. Au moment où la fête atteignait son plus haut degré de splendeur, le feu embrasa les rideaux de soie. Le danger devenait imminent! L'Empereur fut le premier à s'apercevoir qu'une bougie avait enflammé les draperies qui ornaient les fenêtres. Aussitôt il courut vers l'Impératrice, lui disant : « Venez, Madame, ceci est sérieux; » et il la reconduisit aux Tuileries. Napoléon ne tarda pas à reparaître à l'hôtel de Schwartzenberg qui, à ce moment, était dévoré par l'incendie, Il dirigea lui-même, toute la nuit, les efforts employés pour maîtriser le feu.

Quelques degrés conduisaient de la salle principale dans le jardin. L'ambassadeur de Russie, le prince Kourakin, ne les voyant pas, tomba et fut foulé aux pieds. Comme il tardait à se relever, la flamme le saisit dans cette position et le mit dans un état qui fit craindre longtemps pour sa vie.

Lorsque le feu fut éteint, l'Empereur partit pour Saint-Cloud. Ce ne fut qu'au jour que l'on retrouva, sous les restes des bois brûlés de la salle, le corps de la princesse Schwartzenberg, femme du frère aîné de l'ambassadeur. Sortie heureusement de la salle, elle était rentrée pour chercher ses enfants qu'elle n'avait pas vus sortir. A peine était-elle sous cette voûte enflammée que la charpente s'écroula et la consuma au point qu'on ne put la reconnaître qu'à quelques débris de bijoux. La comtesse de Leyen mourut quelques jours après des suites de ses brûlures, ainsi que la femme du consul général de Russie et madame Touzard, femme d'un officier général du génie. Beaucoup d'autres personnes furent grièvement blessées.

Cet accident funeste rappela les désastres qui avaient signalé le mariage de Louis XVI avec Marie-Antoinette, également archiduchesse d'Autriche. Un grand nombre de personnes en tirèrent de sinistres augures, et leurs prophéties ne s'accomplirent que trop bien.

Cependant les salons de Paris, plus brillants que jamais, ne tardèrent pas à oublier ce triste événement, et, dès la venue de l'hiver, les fêtes se succédèrent avec un éclat inusité. La belle madame Visconti, qui rappelait les plus beaux types de la Grèce antique; madame la comtesse Regnauld de Saint-Jean-d'Angély, aussi remarquable par son esprit que par les charmes de sa personne; madame Hamelin, toute pétillante de finesse diplomatique, de causerie spirituelle; madame la comtesse Duchâtel, si affable et si gracieuse, étaient les reines les plus remarquées de ces brillantes réunions.

Au commencement de 1811, une fête magnifique fut donnée aux Tuileries. La salle de spectacle avait été préparée de manière à former dans sa totalité un vaste plain-pied de niveau avec les premières loges.

Toutes les femmes présentées étaient assises sur des banquettes. Au fond de la salle, des fauteuils avaient été placés pour l'Empereur et l'Impératrice, et des chaises pour les princesses.

Le bal s'ouvrit, à dix heures, par une contredanse où figuraient l'impératrice Marie-Louise et le prince de Neufchâtel, la reine Hortense et le maréchal Duroc, madame de Croï et M. de Nansouty, la princesse d'Eckmühl et le prince Borghèse. Mais on attendait avec impatience l'exécution du quadrille qui, depuis huit jours, était l'objet de toutes les conversations. A onze heures, l'orchestre l'annonça. C'était une allégorie. La scène se passait au bord de la fontaine Égérie.

D'abord on vit paraître les *Constellations*, vêtues de gaze bleue, et portant sur la tête un large bandeau d'or surmonté d'une étoile. A ces douze divinités, qui se rangèrent des deux côtés de la salle, succéda une jeune Iris à la blonde chevelure, d'une figure fine, d'une taille gracieuse, qui, en exécutant les plus jolis pas avec les plus jolis pieds du monde, vint suspendre au bosquet de la fontaine son écharpe nuancée des couleurs de l'arc-en-ciel. Aussitôt, les nymphes du Tibre, sortant de leur grotte, vinrent cueillir des fleurs avec Zéphire qui se mêla à leurs jeux.

Une femme, vêtue d'une tunique blanche brodée en or, sans autres ornements qu'un casque antique et un bouclier avec l'image d'une louve, s'avança à pas lents vers la fontaine pour consulter l'oracle; plongée dans une profonde douleur, elle levait au ciel des yeux admirables : c'était Rome sous les traits de la princesse Borghèse. A sa voix, la nymphe Égérie, madame la comtesse de Noailles, se présenta avec autant d'élégance que de grâce, et lui prédit les plus heureux destins. Alors quatre Génies annoncèrent la France, représentée par la princesse Caroline. L'éclat de son costume éblouissait tous les yeux; sa tunique blanche, brodée en or, était soutenue par une ceinture d'émeraudes; son manteau de pourpre était parsemé d'abeilles d'or; un casque, resplendissant de saphirs et de rubis, ombrageait ses cheveux blonds; et son bouclier de satin blanc étincelait des feux de mille pierreries : elle embrassa Rome et appela sur elle la protection des dieux. Aussitôt Apollon, le comte Charles de Lagrange, descendit de l'Olympe, suivi des douze Heures du jour et des douze Heures de la nuit. Ces divinités étaient toutes vêtues d'une tunique brodée en argent, dont la couleur était variée selon le rang que chacune tenait parmi les Heures, depuis le noir qui marquait minuit, jusqu'à la tunique rouge de madame la comtesse Lobau qui représentait Midi, et la tunique jaune de la première Heure du jour représentée par madame Regnauld de Saint-Jean-d'Angély.

On distinguait aussi, dans cet olympe impérial, mesdames les duchesses de Bassano, de Castiglione, d'Alberg, d'Elchingen, de Vicence; les comtesses de Montmorency, Victor de Mortemart, Anatole de Montesquiou, Duchâtel, madame Edmond de Périgord, madame de Barral, le modèle de la grâce, et madame Gazani, l'idéal de la beauté. Toutes ces divinités cherchèrent à consoler Rome; mais le sourire ne revint sur ses lèvres que lorsque les Génies lui apportèrent des cieux une armure semblable à celle de la France, et l'image d'un enfant qui devait lui rendre son antique gloire.

Cependant Rome et la France, les Nymphes, les Génies, les Étoiles, Apollon et les Heures, après avoir formé divers tableaux, défilèrent devant l'Empereur qui dit, en passant, au général Lagrange : « Vous étiez fort bien dans le costume d'Apollon; mais votre lyre était trop petite. — Pour chanter vos exploits, Sire, » répondit le général.

Cette fête, on le voit, était un reflet du grand siècle de Louis XIV. La mise en scène, le mot du courtisan, rien n'y manquait. Seulement, le lendemain de ces nuits féeriques, Napoléon montait d'ordinaire en chaise de poste et allait se mettre à la tête de ses armées.

EDWIN LANDSEER, R.A. PAINTER — H.S. BECKWITH, ENGRAVER.

UNE NUIT DANS LES MONTAGNES D'ÉCOSSE.

UNE NUIT DANS LES MONTAGNES D'ÉCOSSE

Il était dix heures du soir. Inondé par le brouillard des Highlands, grelottant de froid, j'aperçus une pauvre chaumière. La porte était entr'ouverte; je la pousse; j'entre... personne au logis! Derrière un vieux coffre et quelques loques, une vieille femme, une descendante d'Hélène Mac-Callumore, ouvrit son œil fauve et me dit, en pur dialecte des montagnes : — Il n'y a pas d'ale, pas de pain, pas de jambon; restez ou partez; faites comme vous voudrez, pour moi je dors. — Je vais en faire autant, lui répliquai-je; et avisant un coin attenant à la pièce principale du logis, je m'y blottis en ramenant à moi tous les chiffons que ma main put rencontrer : robe de grand'mère, jupe de tartan, tout me fut bon pour improviser une couverture; je ne tardai pas à m'endormir, bercé par le ronflement de la vieille hôtesse. Je rêvais que je m'appelais Osbaldistone et que Diana Vernon me serrait la main, lorsque tout à coup un concert infernal vint me ramener à la réalité de ma situation. Un homme était assis sur un escabeau, et, soufflant avec des poumons de forge dans ses pipeaux rustiques, il mettait en émoi toute une bande de chiens. Chose unique à dire! chacun de ses élèves produisait sa note : un danois aboyait, un basset grognait, un griffon hurlait, un chien d'arrêt modulait des accents langoureux; à chaque pause du maître, ils s'arrêtaient tous; à chaque reprise, ils repartaient de plus belle. — *Horrible! horrible!* m'écriai-je à l'instar de Macbeth; et, secouant les haillons qui me couvraient, j'allais interrompre cette séance musicale, lorsque le maître, posant à terre sa cornemuse, chassa ses chiens et vint se jeter lourdement sur moi. — Tiens, dit-il sans le moindre étonnement, il y a quelqu'un ici; eh bien, nous allons dormir côte à côte! Bonsoir, monsieur... et il s'étendit à côté de moi. — Un instant! m'écriai-je, vous allez me briser le corps; je suis touriste et étranger : je crois à l'hospitalité écossaise si bien décrite par Walter Scott! — Walter Scott, interrompit en riant mon compagnon de nuit, a dérangé beaucoup de gens pour leur faire voir notre pauvre Écosse. Vous n'êtes pas malheureux, tout de même, car vous aurez entendu Dunbar, le roi des cornemuses. — J'ai entendu également vos élèves! m'écriai-je avec un frémissement involontaire. — Allons, allons, me dit-il en me serrant la main de manière à la briser; ces pauvres enfants, faut bien que ça s'amuse!

Le lendemain matin, au grand désespoir de la vieille, Dunbar partageait avec moi son meilleur jambon, sa bouteille d'ale la plus poudreuse. Puis, lorsque je pris congé de lui : — Ne dites pas trop de mal de nos montagnes là-bas dans votre pays, me dit-il; et rappelez-vous, si vous repassez par ici, que Dunbar aime la France comme l'Écosse, sa vieille mère!

HALTE DANS LA FORÊT

Une foule d'écrivains, en tête desquels il convient de mentionner Elzéar Blase, Alphonse d'Houdetot, Viardot, Jules Gérard, Delegorgue, de Foudras, Deyeux, Méry, Jacques Arago, etc., ont écrit sur la chasse les plus charmantes pages; mais, de tous ces traités charmants où l'esprit se joint à la science pratique, je confesserai que celui dont je fais mon compagnon favori est le *Chasseur rustique* de M. d'Houdetot. L'air des champs, le grand air se respire dans ce vif et charmant livre. Une heureuse animation passe dans ses tableaux, où tout est esquissé jusqu'aux lieux parcourus. Grâce à la parole spirituelle, vivante, de M. d'Houdetot, on croit voir la chasse, on croit chasser dans nos plaines, en Beauce, en Normandie, autour de Paris. Nul maître n'explique mieux le tir dans les bois. C'est à sa suite que j'aimerais à parcourir les champs et les forêts. Pas d'expéditions terribles, pas de lions ou d'éléphants à combattre! Chasse au lapin, chasse au lièvre, chasse à la perdrix, à la bécasse, chasse à tout ce qui fait la table succulente au retour des sillons ou des bois. A la fin du jour, lorsque tout est silence dans la forêt, je compterais les richesses de notre gibecière, et je demanderais au docte chasseur de me lire une de ces fines pages qu'il écrit si bien. A l'exemple du glorieux sultan Schahriar, je ferais mille haltes de ce genre pour écouter ses récits, et jamais le sommeil, j'en fais le serment, ne viendrait me surprendre.

Après la chasse, le *chasseur rustique* s'arrête au coin du sentier; il sort de la forêt où il est resté quelques heures; il contemple cette campagne tranquille sur laquelle se jouent les reflets du soleil; il écoute le bruit de la cité; il est mélancolique parce que son repos est doux, bien que son cœur sente encore cette vague continuelle qui nous bat le sang. Sur cette orée de bois, ou le soir dans sa chambre, lorsque le vent secoue les grands arbres, il écoute ces charmants professeurs, Horace, Chaulieu, Saint-Évremont, Berchoux, Brillat-Savarin, Cussy, Grimod de La Reynière, Joseph Roques, tous ces spirituels classiques de la *table* ou de la *chasse*. Le voilà rentré; il a traversé, d'un pas mesuré comme s'il quittait sa porte, ce pré, ce petit chemin, dans les hautes herbes que Jules Dupré a si bien peintes. Il aperçoit sa petite maison; elle est là, à gauche, flanquée de tonnelles. Vous avez vu ce tableau de Jules Dupré; il vous a charmé. Nous vous offrons, comme pendant, une composition due à l'un des artistes les plus habiles de l'Angleterre : *la Halte dans la forêt*.

F. R. LEE. R.A. PAINTER. J. COUSEN. ENGRAVER.

HALTE DANS LA FORÊT.

H. MANDEVILLE, PARIS.

CHRONIQUE

MAI

HISTOIRE DES PRINCIPAUX SALONS DE PARIS

V

MADAME LA DUCHESSE DE BERRI. — LE PRINCE ROYAL DUC D'ORLÉANS. — L'HOTEL LAMBERT. — L'ARSENAL. — L'ABBAYE-AUX-BOIS. — M. DE TALLEYRAND.

WATERLOO avait mis fin à la grande époque impériale, et la monarchie française venait reprendre le sceptre de ses aïeux. Au milieu du deuil de la patrie, attristée par une défaite qui ne pouvait ternir quinze ans de gloire et de triomphes, les grands noms aristocratiques de la France se retrouvaient à côté de noms moins anciens de race mais illustrés par les plus brillantes victoires. Les Crillon, les Montmorency, les Richelieu, les Saint-Simon, les Rohan, les La Rochefoucault, les Noailles ouvraient leurs salons à côté de ceux de nos maréchaux et dignitaires de l'Empire qui s'étaient ralliés à la Restauration. Mais les Bourbons n'étaient plus jeunes; ils avaient vécu longtemps dans l'exil, et la tristesse de la cour se reflétait dans les salons de la noblesse. Le mariage d'une princesse de Naples avec le duc de Berri vint interrompre cette morosité des salons de Paris. Douée d'une âme chaleureuse et confiante, passionnée pour les arts, madame la duchesse de Berri sut bien vite se concilier tous les esprits. A son arrivée en France, le duc de Lewis vint la complimenter en italien. — En français! en français! lui dit-elle vivement, je ne connais pas d'autre langue. Dès qu'elle se fut installée au pavillon Marsan, elle fit de ses salons le rendez-vous des arts et de la fantaisie, ce qui faisait dire à Louis XVIII que les violons étaient rentrés aux Tuileries avec la duchesse de Berri. L'assassinat du duc de Berri par Louvel interrompit brusquement toutes ces fêtes, et la cour de France prit un deuil austère.

La naissance du duc de Bordeaux rendit l'espoir à la race des Bourbons; le pavillon Marsan reprit ses tentures de satin rose et ses bouquets de fleurs, que la duchesse de Berri aimait à placer un peu partout. Rien n'était mieux ordonné que les fêtes du pavillon Marsan

Au carnaval de 1830, la duchesse de Berri prit, dans un magnifique bal historique, le costume de *Marie Stuart*, et le jeune duc de Chartres, fils aîné du duc d'Orléans, qu'elle avait choisi ce jour-là pour son chevalier d'honneur, représentait *François II*.

Huit mois après, la duchesse de Berri, partageant l'exil de la branche aînée des Bourbons, entrait dans ce sombre palais d'Holy-Rood, témoin de tant de sinistres catastrophes; et lorsqu'elle vint s'asseoir dans la chambre tachée du sang de Rizzio, elle put se rappeler le choix fatal qu'elle avait fait dans un jour de plaisir du personnage de l'infortunée reine d'Écosse. Comme François II, le jeune duc de Chartres, devenu prince royal par l'avénement de son père à la couronne, devait mourir au milieu de toutes les espérances de la jeunesse, de toutes les promesses de l'avenir. La jeune littérature, la jeune école de 1830 avaient trouvé un glorieux abri dans la royale demeure du duc d'Orléans. Il parait avec une sorte d'orgueil national sa bibliothèque et sa galerie de leurs meilleurs ouvrages; il encourageait leurs innovations, il souriait à leurs idées nouvelles, et sa main protectrice écarta bien souvent les embarras que tentaient de leur susciter des rivalités jalouses.

Ingres, Horace Vernet, Ary Scheffer, Decamps, Winterhalter, Eugène Lami, Casimir Delavigne, Victor Hugo, Dumas, Jules Janin furent l'objet de ses plus intimes préférences, sans qu'il cessât jamais d'avoir pour l'homme de talent, quels que fussent son nom, son âge, sa renommée, des encouragements tout prêts.

Le Prince royal avait, comme sa sœur Marie, le sentiment du beau; comme elle, il se plaisait à l'étudier, à l'admirer. Réservé, plein de mesure dans les discussions politiques, il se passionnait pour une question d'art. Sa magnificence attestait de l'excellence de son goût; elle accusait une étude réfléchie des anciennes créations de l'art. Il avait su, avec cette intelligence poétique qui n'appartenait qu'à lui, faire servir l'art nouveau à l'embellissement de l'art ancien. Meubles, tableaux, marbres, curiosités, armes de prix, tout disait chez le duc d'Orléans ce qu'il y avait d'aimable dans sa pensée et de riche dans son imagination. La splendeur de ses fêtes rappelait et surpassait peut-être celle des fêtes de la cour de François Ier et de Henri II. Il y déployait une connaissance parfaite de toutes les convenances. Avec un tact exquis, sans adopter l'étiquette méticuleuse des salons de l'ancienne royauté, il donnait de la façon la plus délicate à ses conviés la place qui appartenait à chacun.

Voilà les qualités qui avaient rendu le duc d'Orléans populaire, et qui firent de sa mort une douleur publique.

Longtemps la haute société de Paris garda le souvenir de cette fin prématurée, et s'associa à la douleur du roi. Le premier salon qui fit trêve à ce long deuil fut celui de l'HOTEL LAMBERT, cercle d'élite, présidé avec autant de grâce que de haute urbanité par la princesse Czatoryska. Une fête fut donnée pour venir en aide à l'émigration polonaise, dont le prince Czatoryski est encore aujourd'hui le digne chef. On rencontrait dans ces splendides galeries, où le pinceau des anciens maîtres de l'école française a créé des merveilles, les intelligences les plus vives, les esprits les plus cultivés. Mais au milieu des splendeurs de cette fête, une mélancolique tristesse restait empreinte sur le front de ces nobles exilés.

Un autre salon eut, sous le règne de Louis-Philippe, le privilége d'attirer à lui tout ce que Paris renfermait d'écrivains et de poëtes les plus illustres; nous voulons parler du salon de l'ARSENAL, où Charles Nodier, ce bibliophile passionné, cet éminent prosateur, charmait ses auditeurs par sa causerie si fine, si variée, si pleine d'images et de mouvement. Sa fille, Mme Menessier-Nodier, contribuait, par la distinction et la grâce de son accueil, à faire de ces réunions littéraires le cercle le mieux choisi et le plus spirituel de la capitale.

A l'Arsenal trônaient en toute liberté les deux écoles romantique et classique, le talent avait ses franches coudées. A l'ABBAYE-AUX-BOIS, où nous retrouvons Mme Récamier, il n'en était pas tout à fait de même; c'était un petit cénacle qui tenait à la fois du salon politique et du bureau d'esprit. Cet aréopage politico-littéraire pesait d'un grand poids dans les élections et les concours académiques, comme dans la distribution des portefeuilles ministériels ou des chaires de faculté. Mme Récamier eut l'art infini de conserver jusqu'à la fin de sa vie ce caractère unique à son modeste salon de la rue de Sèvres.

D'autres salons, à côté de ces cercles d'élite, jouissaient également d'une réputation méritée. Au nombre de ces salons, nous devons citer en première ligne ceux de Mmes de Liéven, de Dino, comtesse Merlin, comtesse de Damrémont, baronne de Montaran, Émile de Girardin.

Chez Mme la princesse de Liéven, tout avait un cachet diplomatique et respirait un grand savoir-vivre, une politesse accomplie, une douce gravité.

Mme la duchesse de Dino donnait au salon de son oncle, M. de Talleyrand, un air de jeunesse et de fête qui servait merveilleusement à encadrer la figure ridée de l'illustre diplomate. M. de Talleyrand, malgré son âge avancé, était resté la chronique vivante de toutes les chancelleries de l'Europe. Voici, du reste, des détails curieux que nous avons recueillis sur sa manière de vivre dans ses dernières années. Son lever était tardif. Il sonnait vers les onze heures son valet de chambre, qui apportait ses vêtements du matin. Il s'appuyait sur sa canne, et marchait de fauteuil en fauteuil. Il déjeunait peu et à l'anglaise. Après le déjeuner commençait sa toilette fort longue et presque publique. Comme dans l'ancien régime, où la coiffure était une affaire, on lui tournait sa cravatte, que le prince portait avec toute la prétention d'un merveilleux du Directoire. Il sortait ensuite pour sa promenade. Après dîner, et pour finir la soirée, il allait chez quelques-unes de ses vieilles amies intimes, où il jouait sa partie très-tard et très-cher. Souvent il sommeillait sur un fauteuil, mais son oreille attentive ne perdait pas un mot, au milieu de cette somnolence, de tout ce qui se disait autour de lui.

M. de Talleyrand, a dit un écrivain que nous nous plaisons fréquemment à citer, M. Frédéric Fayot, parce qu'il apprécie avec autant de tact que de délicatesse toutes les individualités remarquables de notre société parisienne; M. de Talleyrand s'est beaucoup servi de l'esprit des autres, de l'originalité de d'Hauterive, de la clarté d'esprit de l'abbé des Renaudis. Il sentait le prix des belles formes du langage; il avait surtout le culte de la verve et de la forme de Voltaire. M. de Talleyrand savait le monde; sa conversation sur les faits accomplis était souvent charmante. Son grand principe était d'attendre; il n'avait en rien aucune idée arrêtée, ou plutôt il en avait une, celle d'accroître attentivement sa fortune.

... C'est M. de Talleyrand qui a posé le principe, à la satisfaction de Louis-Philippe, de la paix à tout prix; il avait à ce moment près de quatre-vingts ans. Ses yeux, vifs encore, s'enfonçaient; leur lumière ne jetait plus le même éclat qu'autrefois. Plus rien des douces pommettes de sa figure : cette figure était vieillie, elle annonçait le cadavre. A la fin, il marchait courbé; cette courbure augmentait. Il était facile de voir que ce qui restait de sa vie se portait, se concentrait dans le cerveau.

Et qu'a été cette vie? A-t-elle été un chef-d'œuvre d'ordre ou un mensonge? A-t-il été un homme éminent? S'est-il fait ses destinées? — Non! il les a trouvées dans les lumières que le gouvernement de l'Empereur avait jetées sur ses actes et sur son intervention.

La courte allocution que M. de Talleyrand adressa à ses employés, lorsqu'il fut appelé au département des affaires étrangères, peint, selon nous, complétement la nature froide et sceptique de son esprit.

« Messieurs, leur dit-il, ce que je vous défends d'une manière bien formelle, c'est le zèle et le dévouement trop absolus, parce que cela compromet les personnes et les affaires. »

Le salon de l'HOTEL SAINT-FLORENTIN avait, comme on le voit, son illustration plus dans le passé que dans le présent : c'était l'Empire et la Restauration. Chez Mmes Merlin et de Montaran, c'était, avec les souvenirs de l'Empire, la personnification la plus riche, la plus vivante, des arts et de la littérature contemporaine. Dans les salons de Mme Merlin, la musique avait pour interprètes nos grands artistes de l'Opéra et des Italiens; chez Mme de Montaran, la peinture et la poésie se donnaient la main et se faisaient valoir l'une par l'autre, comme deux bonnes sœurs. Elles avaient là pour patronne une femme d'élite qui parle, chante, peint aussi bien qu'elle écrit; nature richement douée, au profil aussi pur que les plus beaux bustes de Canova.

Les soirées intimes de Mme de Damrémont, qui se continuent aujourd'hui dans son modeste appartement de la rue Saint-Dominique, avaient un charme indicible. Aussi gracieuse qu'enjouée, d'un esprit aussi vif que pénétrant, Mme de Damrémont a l'art suprême de lancer une épigramme sans vous blesser. On aime, on adore ses saillies, qui font fortune partout où elles sont répétées.

Un autre salon, celui de Mme de Girardin (Delphine Gay), présentait à la fois à ses nombreux habitués les attraits d'une politique verveuse et militante et les harmonieux accents d'une poésie véritablement inspirée. Mme de Girardin faisait entendre ses beaux vers, M. de Girardin improvisait un de ses éloquents *Premier-Paris*, et tout le monde battait des mains.

Nous ne parlons pas des fêtes magnifiques données sous le règne de Louis-Philippe par MM. Hope, Rothschild, de Rougemont de Lowenberg, Schickler, attendu que l'esprit n'avait que ses petites entrées dans ce monde d'affaires et d'argent.

E. M. WARD. A. R. A. PAINTER — FREDERICK BACON. ENGRAVER

LE COMTE DE CIARENDON

LE COMTE DE CLARENDON

ÉPISODE DU RÈGNE DE CHARLES II

CLARENDON-HOUSE, le magnifique palais du comte de Clarendon, grand chancelier d'Angleterre, le plus fidèle et le plus sage conseiller du roi Charles II, sert aujourd'hui d'écurie dans le quartier de Piccadilly. Exemple frappant de l'instabilité des choses de ce monde, cette demeure somptueuse, dont quelques piliers seuls sont restés debout, fut la principale cause de la disgrâce de ce grand homme d'État.

Arrivé à l'apogée du pouvoir, allié à la famille royale par le mariage de sa fille Anne avec le duc d'York, frère du roi, le comte de Clarendon, qui avait appris à connaître dans l'exil les vicissitudes humaines, disait que plus il était élevé au-dessus de son rang, plus il devait redouter une chute soudaine.

Malgré l'accroissement énorme des revenus de la couronne, Charles, ami des plaisirs, jeune encore et d'une prodigalité excessive, se trouvait constamment dans des embarras pécuniaires. Pour se procurer de l'argent, il eut la coupable faiblesse de vendre Dunkerque à Louis XIV, moyennant cinq millions de francs. Cette honteuse transaction accomplie, malgré les énergiques représentations de Clarendon, excita le juste mécontentement de la nation qui s'attaqua bien plus au grand chancelier qu'au roi lui-même. L'hôtel que faisait bâtir Clarendon fut appelé ironiquement par le peuple *hôtel de Dunkerque*.

Au milieu de ces premiers murmures de la rue, Londres fut assaillie par un fléau terrible, la peste. Plus de cent mille personnes périrent dans le cours d'une année. A peine était-on délivré des terreurs de la peste, qu'un incendie éclata dans les quartiers populeux de la ville. Pendant cinq jours et cinq nuits le feu gagna du terrain, et, lorsque enfin on s'en rendit maître, les deux tiers de la métropole n'existaient plus. Le nombre des maisons consumées s'élevait à treize mille deux cents, et celui des églises à quatre-vingt-neuf. Dans les champs qui avoisinaient les quartiers incendiés, on voyait, couchés pêle-mêle, deux cent mille individus.

Cette immense catastrophe jeta la consternation dans tous les esprits, et comme les grands malheurs produisent toujours les grandes méfiances, l'opposition devint violente dans le parlement. Les favoris du roi, au nombre desquels se trouvait le duc de Buckingham, lui persuadèrent que l'extrême sévérité de son premier ministre, le comte de Clarendon, était la seule cause du mécontentement populaire. La comtesse de Castlemaine, maîtresse de Charles II, dont le grand chancelier avait arrêté les dilapidations prodigues, attisa le feu de ces injustes accusations. Charles, oubliant les immenses services de son fidèle ami et conseiller, résolut sa ruine. Buckingham, dès qu'il se vit appuyé par la comtesse de Castlemaine qui, jusque-là, avait été son ennemie mortelle, fit si bien par ses menées dans la *chambre basse* du parlement, que le comte de Clarendon fut accusé de haute trahison envers l'État et de dilapidation des deniers publics, qu'il avait employés, disait l'accusation, à l'érection de sa magnifique demeure.

Fort de son honneur et de son intègre gestion, Clarendon prit le parti d'aller trouver directement le roi à *Whitehall* pour lui demander s'il avait perdu sa confiance. Le duc de Buckingham, qui se trouvait en ce moment sur les degrés du palais (il était dix heures du matin), aperçut le comte de Clarendon, et le précédant dans le cabinet royal, il prit le soufflet du foyer, puis le portant avec une gravité ridicule, le duc contrefit le chancelier muni du grand sceau de l'État. — Sire, dit-il au roi qui trouvait cette scène fort plaisante, voilà votre maître d'école qui vient; donnez-lui son congé. — Laissez-nous, Duc, lui répondit Charles en riant, et allez dire à la comtesse de Castlemaine que dès aujourd'hui je prétends régner sans le concours de cet acerbe pédagogue. A peine le duc de Buckingham s'était-il retiré que le comte de Clarendon parut, le front calme, l'attitude noble et fière. — Sire, dit-il, je vous apporte le grand sceau de l'État. Si j'en ai fait mauvais usage, reprenez-le, et qu'il soit confié à des mains plus dignes que les miennes. — Pour toute réponse, Charles plaça son chapeau sur sa tête, et, baissant les yeux devant le regard assuré du comte de Clarendon qui semblait lire ses plus secrètes pensées, il quitta à la hâte son appartement, suivi d'une foule de petits chiens, qui ont légué son nom à toute la race des *king's-Charles*.

Dès que le roi, fuyant pour ainsi dire devant la honte de cette entrevue, se vit hors du palais et dans les jardins de *Whitehall*, il reprit, à l'aspect des courtisans qui se tenaient découverts sur son passage, son air le plus majestueux et le plus impénétrable. Mais bientôt tous les yeux se tournèrent du côté du grand escalier du palais. Le comte de Clarendon, la canne à la main, descendait lentement les degrés, regardant d'un œil ferme et sans pâlir tous ces visages de courtisans qui semblaient autant d'épigrammes vivantes. — Le voilà, le voilà, disaient-ils, ce grand, ce sublime ministre; voyez donc, il a perdu quelque chose : le grand sceau de l'État, sans doute, que son page porte derrière lui.

A ce moment, la draperie qui recouvrait les colonnades de l'escalier se releva vivement. La comtesse de Castlemaine qui, à la nouvelle portée par Buckingham, était encore au lit, s'était hâtée d'accourir dans sa volière construite près des rampes du palais. Suivie de toute sa fourmillière de parasites qu'elle entretenait à grands frais, elle se penchait sur la balustrade et épiait avec une maligne joie les traces que la disgrâce de Clarendon avait dû laisser sur sa physionomie.

Mais le noble comte, impassible, la tête haute, ne détourna pas seulement les yeux pour abaisser d'un regard toute cette impudence de la favorite. — Allons, dit Buckingham en se penchant du côté de la comtesse de Castlemaine, le maître d'école est aussi un grand comédien. — Dont vous avez pris la succession, repartit la comtesse. — Cette succession, je l'accepte de vos belles mains, dit le duc, mais à la charge d'être toujours le plus dévoué de vos sujets. — Flatteur! s'écria la comtesse, je ne suis pas encore reine.... Voyez, la duchesse de Richemond qui s'avance pour jouir, elle aussi, de la disgrâce de Clarendon. Lorsqu'elle s'appelait miss Stuart, le roi, vous le savez, en devint éperdument amoureux, et sans l'intervention du chancelier, elle aurait porté la couronne. — Eh! qu'importe la couronne après tout, reprit Buckingham en faisant une galante pirouette, lorsque l'on s'appelle la comtesse de Castlemaine! — Et que l'on a pour premier ministre, ajouta la favorite, le noble duc de Buckingham!

Cet entretien s'achevait à peine qu'un immense éclat de rire courut dans tous les groupes de courtisans. Le singe de la comtesse de Castlemaine, portant la robe de grand chancelier, avait été introduit par un nain bouffon dans la volière, et ce spectacle grotesque mettait en joyeux émoi toute l'assistance.

Seul au milieu de ce tumulte scandaleux, le comte de Southampton, grand trésorier de la couronne, qui se tenait à l'écart près d'une des rampes de l'escalier, ne riait pas. — Peuple de baladins, s'écria-t-il d'une voix mâle et accentuée qui domina un instant les rumeurs de la foule, vous avez bien fait de prendre pour premier ministre le singe de la comtesse de Castlemaine; lui seul est digne de vous gouverner!....

Quelque temps après sa disgrâce, Clarendon se rendit en France et fut reçu avec la plus grande distinction par Louis XIV. Après sept ans d'exil, il écrivit à Charles II une lettre qui commençait par ces mots : Sept années, tel est le terme prescrit par Dieu lui-même pour l'expiation de quelques-uns de ses plus rudes châtiments, et voilà sept années que je suis éloigné de ma patrie, de mon roi. Je vous demande, sire, la faveur de mourir au milieu de mes enfants. — Jamais Charles ne répondit à cette prière si touchante, et le comte de Clarendon s'éteignit à Rouen, loin de sa terre maternelle, à la fin de l'année 1674.

LES PÊCHEURS DU TEXEL

ADIEU, *canaux, canards, canaille,* disait Voltaire en quittant la Hollande. — Adieu, *marins, moulins, marmaille,* pourrait-on ajouter sous forme d'appendice à cette suprême invocation. Mais ces boutades n'ôtent à la Hollande ni sa force maritime, ni son intelligence commerciale, ni sa haute probité dans les affaires. Ces réflexions préliminaires n'ont été faites par nous que pour vous raconter comment quatre avocats français ont été faits prisonniers dans un moulin hollandais pendant trois jours.

C'était le 10 septembre 1853. L'île Texel (province de Zélande) apparaissait à nos compatriotes dans toute sa splendeur. Les moulins et les pêcheurs fonctionnaient avec acharnement, la vague était belle! Nos avocats prirent terre et demandèrent à manger des moules crues. La moule crue se mange sur le littoral de la Hollande avec autant de facilité que la galette se découpe sur le boulevard Saint-Martin à Paris. Les moules croquées, la docte compagnie exprima le désir de visiter les environs. Ces environs se composaient du moulin n° 1, du moulin n° 2, du moulin n° 3 et ainsi de suite jusqu'à un nombre fantastique. — Arrivés au moulin n° 10, on demanda à se reposer; la nuit approchait, et l'on campa comme l'on put, se promettant de gagner le large dès l'aube matinale. Mais le jour venu, quelle ne fut pas la déception de nos touristes en ne voyant que la mer, et pas une barque à l'horizon! Qu'était devenue la colonie de pêcheurs qui, la veille encore, peuplait ce coin de terre? — Ils étaient tous partis pour la grande pêche des poissons de passage, qui émigrent vers le nord de la Zélande à cette époque de l'année, et ils avaient laissé la garde de leurs enfants aux quatre infortunés avocats!... Cette chasse au poisson dura trois mortels jours, durant lesquels nos touristes furent enfermés dans le moulin n° 10 avec une dizaine de marmots. Pour déjeuner, ils avaient des moules crues, pour dîner des moules crues, et toujours, toujours le même ordinaire pendant trois fois vingt-quatre heures. Au bout de ce temps-là, les pêcheurs revinrent avec leurs femmes. Ils fumaient tous la pipe avec la plus aimable désinvolture : la chasse avait été bonne et les gaillards étaient fort satisfaits. Lorsque le propriétaire du moulin n° 10 effectua sa rentrée dans sa tourelle, sa joie fut vive et sincère en retrouvant ses hôtes. — Vous avez été bien bons de nous attendre, leur dit-il; faites-moi le plaisir de demeurer quelques jours avec nous en famille. — Les quatre avocats se regardèrent en se demandant jusqu'à quel point il était permis à un pêcheur hollandais de pousser l'ironie. Puis, sans mot dire, ils saluèrent poliment en demandant à se retirer.

Quelques minutes après, une barque les emportait loin de l'île Texel. Lorsqu'ils perdirent de vue ces bords inhospitaliers : — Aimez-vous *les moules crues?* demanda l'un d'eux à ses trois autres compagnons. Un rire d'Amalécite fut l'unique réponse de ces derniers.

C. STANFIELD PAINTER. — ROBT WALLIS, ENGRAVER.

LES PÊCHEURS DU TEXEL

T. MANDEVILLE PARIS

CHRONIQUE

JUIN

HISTOIRE DES PRINCIPAUX SALONS DE PARIS

VI

LES BALS DE M. MARRAST. — SALONS DU GÉNÉRAL CAVAIGNAC ET DE M. DE LAMARTINE. — L'ÉLYSÉE. — SALONS ACTUELS DE PARIS.

PAR les efforts de quelques hommes d'esprit et de goût, la République de 1848 a eu aussi ses salons. Les bals à la présidence de l'Assemblée constituante inaugurèrent les premières réunions élégantes de cette époque. On allait chez M. MARRAST au pas de course, pour oublier le tumulte de la rue. Ces fêtes ne manquaient pas de luxe et d'ordonnance, a dit un témoin oculaire; l'animation y était extrême; les figures pourtant n'avaient pas de sécurité, le rire ne courait pas sur les lèvres; on s'assemblait pour voir les physionomies douteuses ou mal précisées du nouveau régime. Ces physionomies se rencontraient ici, dans des intervalles sinistres, le lendemain de la guerre civile. Vous ne pouviez avoir cette communication facile des esprits durant les soirées paisibles, car, dans les révolutions, personne ne veut s'étourdir sur ce qui peut arriver. Ceux qui recevaient étaient les conquérants de la situation ; ils n'avaient pas naturellement la science des habitudes charmantes et des réceptions.

Mme Marrast, jeune Anglaise fort distinguée, ne pouvait diriger ces fêtes à *pas pressés* qu'elle ne semblait pas comprendre; cela n'accusait pas son goût. En effet, qu'est-ce qu'on trouvait là? la secousse du raout, un grand nombre de toilettes douteuses et la prodigalité des rafraîchissements, une cohue de sabres et d'épaulettes, où tonnait la voix des officiers d'Afrique.

Les réceptions du GÉNÉRAL CAVAIGNAC, chef du Pouvoir exécutif, et les salons de M. de Lamartine, avaient leur physionomie particulière. Nous emprunterons au spirituel auteur des *Causeries*, M. FRÉDÉRIC FAYOT, quelques pages écrites par lui au moment même, pages qui ont gardé aujourd'hui toute leur fine saveur.

« La longueur de la rue de Varennes, où était situé l'hôtel du général Cavaignac, était couverte de tapissières; des gardes nationaux avaient fait quatre ou cinq lieues pour venir saluer le chef du Pouvoir exécutif. Une de ces tapissières, trop chargée, s'était cassée aux portes de l'hôtel.

« Lord Normanby, toujours son fin sourire sur les lèvres, traverse les salons, accompagné de lady Normanby.

« Mme Marrast, parée de la plus gracieuse toilette, ses beaux cheveux blonds légèrement poudrés, reste pendant toute la soirée à côté de lady Normanby. — A peu de distance du général Cavaignac, une courte causerie s'engage entre M. le comte Molé et le représentant d'une grande puissance. — Au milieu d'un groupe de représentants, où l'on apercevait les deux MM. Dupin, M. Sarrans, les questeurs Degousée et Lebreton, l'entretien était sur le prince Louis Bonaparte. — Pour moi, dit M. Dupin à voix basse, sa nomination n'est plus douteuse; ça apprendra à la République à faire du suffrage universel. Ne pensons plus au général; son succès de tribune n'a pas dépassé le seuil de l'Assemblée; gardons-le pour un *en cas*, si à une époque plus éloignée la République existait encore. — Mais qui la tuerait? dit je crois M. Degousée. — Ni vous, ni moi, mais tous ensemble, sans le savoir, sans le vouloir, la force des habitudes. »

..... Suivons notre aimable guide, d'abord dans les salons de M. de Lamartine, puis ensuite au palais de l'Élysée.

« La rue de l'Université était ce soir-là fort animée. M. et Mme DE LAMARTINE ouvraient leurs salons aux amis et aux ennemis. L'affluence du corps diplomatique s'y faisait remarquer. L'ambassadeur d'Angleterre est là plus à son aise que rue de Varennes. Lord Normanby, plus naturel et plus simple, a laissé son grand air d'étiquette; son sourire officiel sur ses lèvres de diplomate, il cause avec familiarité, se mêle à toutes les conversations; il parle et il écoute; il n'est plus ambassadeur, il est homme du monde. Lady Normanby, pleine de grâce et de distinction, cause avec Mme de Lamartine, cette femme d'élite, toujours si affectueuse et si prévenante pour les amis éprouvés. Mme de Damrémont, la veuve du vaillant général frappé d'une balle et mort sur la terre d'Afrique, prodiguait les épigrammes; on en citait de charmantes. La spirituelle et ardente Mme de Belgioso, toujours belle, était là; elle parlait de l'héroïque Charles-Albert et du maréchal Radetzki. La princesse Czartoriska attirait l'attention par son esprit modeste et délicat. Quelque chose de fin et de digne la soutient, l'élève.... »

« Ce qu'il faut louer haut dans les salons de l'ÉLYSÉE, petits mais nombreux, c'est le choix de ceux qui les traversent. Il était impossible de choisir mieux aujourd'hui. Ceci est le fait du tact du maître, le prince LOUIS-NAPOLÉON BONAPARTE, président de la République, imprimant à tous les détails de la réception la convenance et la mesure de son esprit. Il est d'autant plus présent, que la fête marche d'une manière charmante; ses dispositions en suivent tous les détails...

« Le Prince se fait remarquer par la justesse de sa conversation, par la fermeté de sa parole, par sa digne attitude. Il y a de l'officier dans ses manières; l'œil bleu et pénétrant de sa mère; la bouche et la prononciation d'Eugène, sa politesse affectueuse; la plus légère émotion ennoblit ses traits. Il est, au milieu des hommes et des difficultés, plus calme qu'au coin du feu. Il a longtemps scruté les affaires de l'Europe et notre relation avec ces affaires. Esprit profond, d'une compréhension rapide, il saisit facilement ce qui est dit; il parle avec la même facilité. Causer n'est pas écrire; il écrit pourtant très-facilement comme on cause. Sur les lignes de ce front mélancolique les plus grandes destinées se lisent.

« Voici des députés, figures blafardes et ennuyées; ils causent encore de la Chambre, au lieu de causer de tout ce qui s'agite autour d'eux. Voici M. Boulay de la Meurthe, vice-président de la République, M. Charles Dupin, avec un reste de ses airs de jeunesse, avec quelques boucles de ses vieux cheveux blonds lissés sur son front, M. Dupin aîné, le grand cordon de la Légion d'honneur sur son gilet blanc, embarrassé visiblement de sa tenue *soignée,* et ne se sauvant dans le mouvement d'un groupe que lorsque sa parole mordante peut faire oublier sa personne. Voici trois artistes éminents : Léon Coignet, Eugène Delacroix, Théodore Gudin. Voici un homme d'esprit, à qui les gens d'esprit doivent pardonner sa belle et constante fortune, M. Véron, toujours heureux, avec un esprit supérieur dans la conversation et dans l'action de la vie, M. Véron, une de nos dernières colonnes du savoir-vivre délicat. M. Thiers passe, on ne le suit pas. M. Molé cause, on l'entoure, on l'écoute; il se retire dans l'angle d'une croisée, et là, ceux auxquels il répond, recueillent plus d'un mot fin et profond. Par intervalles les officiers et généraux forment, dans cette marche à pas comptés, dans cette promenade des appartements, la majorité de l'assistance, mais plus loin ils s'éclaircissent.

« Près du buffet, la fête groupe sans cesse ses amateurs les plus solides. Le champagne frappé ne cesse pas d'être servi; à une autre extrémité, le thé est servi parallèlement; les petits gâteaux, toute la pâtisserie sèche est étalée avec élégance. Quelle rapidité dans la consommation! Comme les appétits marchent par imitation! Ce buffet est servi suivant les règles les plus exquises de l'art; cette bonne hospitalité va à tous sans apparat, elle s'efface partout; c'est là un secret que la monarchie de 1830 ou les salons républicains de M. Marrast et de M. Cavaignac n'ont pas eu. Une fête bien donnée a de l'ordre jusque dans la profusion; mais elle prévient vos désirs jusqu'au dernier moment. Le talent de recevoir veut l'unité des détails; il faut qu'il tienne compte de ce qu'on désire, de ce qu'on aime.

« ..... Dans le salon où nous étions, le cristal, l'or, les fleurs, la lumière étaient prodigués et dispersaient sur toutes les figures leurs teintes vives et mystérieuses. Nous sommes sortis charmés. Le jeune chef de l'État, dont la caisse particulière ne ressemble pas à celle de M. de Rothschild ou de M. Hope, venait de nous rappeler les belles fêtes de ces maisons opulentes, où l'art des réceptions a été porté si loin avec un goût si sûr. Paris serait heureux de voir se rouvrir la salle à manger et le salon de ces grandes maisons, de compter de nouveau les tables où l'exemple généreux de M. de Talleyrand, du comte Potoski, de lord Pembroke, de M. Demidoff, du duc de Devonshire serait répété avec une nouvelle inspiration. Cinquante de ces réunions changeraient en un hiver la physionomie de nos belles rues, de nos passages, de nos boulevards. »

Le rétablissement de l'ère impériale, en rendant de la sécurité à toutes les fortunes, a ramené la tranquillité dans les esprits. A côté des grandes fêtes officielles données par le maréchal de

Saint-Arnaud, le Ministre d'État, le président du Corps législatif, le préfet de la Seine, à côté des splendeurs éblouissantes dès bals des Tuileries, les grands jours des salons de Paris semblent renaître. Au nombre des demeures où le luxe le mieux entendu se trouve réuni à tout ce que la haute société compte d'intelligences d'élite, de femmes remarquables par leur beauté ou par leur esprit, il convient de citer les salons de la princesse MATHILDE, du prince MURAT, du comte de NIEUWERKERKE. La princesse Mathilde a en elle un charme irrésistible. En effet, cette belle figure, éclairée par une vive bienveillance, a une sorte de puissance magnétique. Aucune de ses aimables paroles n'est perdue, toutes sont bien écoutées. A part les avantages du rang, la princesse Mathilde est à Paris une de ces personnes qu'on regrette dans le monde dès qu'on ne les voit plus. Le prince Murat possède au plus haut degré l'art difficile de grouper ensemble les esprits de même famille, les intelligences de même rang. Le comte de Nieuwerkerke a fait de ses salons LE COIN DU LOUVRE, où se réunissent tous les grands artistes de la France et de l'étranger.

L'ancienne noblesse compte aussi ses salons privilégiés. M. le duc de LUYNES ouvre ses galeries, riches d'objets d'art et de chefs-d'œuvre inestimables, à tout ce qui est grand soit par le nom, soit par le génie. M. le comte de CIRCOURT s'entoure de savants; Mme la comtesse d'ARMAILLÉ aime l'esprit noble et élevé, et son salon est, sous ce rapport, le modèle le plus parfait que l'on puisse se proposer. M. le comte PHILIPPE DE SÉGUR a le rare bonheur d'avoir des amis partout; à côté du général de l'empire, le marquis de la vieille roche se présente chez lui pour lui serrer la main. Mme la duchesse de LA ROCHEFOUCAULD semble oublier sa très-grande beauté, son esprit délicat, pour faire valoir les qualités et les charmes de toutes les femmes distinguées qui fréquentent assidûment l'hôtel de la rue de Varennes.

Mme la marquise de BELLISSEIN est le type le plus parfait, le plus accompli de la haute aristocratie. Son salon de la place Belle-Chasse est le rendez-vous de tout ce que Paris renferme de monde élégant et poli. Mme la duchesse de ROZAY a toute la verve mordante, toute la grâce fine et coquette que l'on trouve dans les charmantes comédies de Marivaux, dans les délicieux Proverbes d'Alfred de Musset. Le prince de CHIMAY, à l'exemple du duc de Luynes, se fait gloire de protéger les artistes et d'orner sa demeure de leurs œuvres les plus remarquables.

Nous n'avons fait ici que mentionner quelques-uns de nos salons dont le grand monde a appris à connaître la charmante et noble hospitalité; nous devons cependant ajouter, en terminant cette brève esquisse, que quelques nobles étrangers ont su, dans ces derniers temps, prendre une place des plus élevées dans la haute société de Paris. Nommer le prince CALLIMACKI, ancien ambassadeur de Turquie, le prince STOURZA, ancien hospodar de Valachie, c'est rappeler les fêtes les plus brillantes, où le vieil esprit français semblait nous revenir d'Orient, entouré de tout le luxe des Mille et une Nuits.

LA CAVERNE DU BRIGAND

En 1847, dans le salon de la princesse de Belgioso, un riche étranger, Grec d'origine, irréprochablement vêtu d'un habit noir de la coupe la plus élégante, souriait à tous les récits que l'on faisait de l'absence complète des Fra-Diavolo de grands chemins et du peu d'animation que présentaient à ce point de vue les excursions en Espagne et en Italie, théâtres classiques de ces sortes d'aventures. — Vous concluez donc, messieurs, dit-il avec un fin sourire, que si le brigand a disparu de la terre, il faudrait l'inventer. — A cet appel toutes les oreilles devinrent attentives.

— Eh bien, ajouta l'étranger, ne vous mettez pas en frais d'invention; vous voulez une réalité, je vous en présente une des plus palpables en ma personne. Pendant la guerre de l'indépendance de la Grèce, j'ai été brigand dans toute l'acception du mot, et mon nom a fait la terreur des musulmans. — Eh quoi! s'écria un gentleman anglais, seriez-vous le célèbre Démétrius? Mais, attendez donc, il me semble que je vous reconnais. C'était en 1825. J'allais quitter Corfou et regagner l'Angleterre, lorsque mon domestique, Abdallah, m'engagea à visiter Théaki, l'ancienne Ithaque, où régnait Ulysse, père de Télémaque. — Et où j'eus l'honneur de vous voir, interrompit le Grec. Je dormais d'un profond sommeil dans ma maison. — Dans votre caverne, vous voulez dire, monsieur, reprit l'Anglais. — Dans ma caverne, soit. Mon jeune enfant était à mes côtés. Tout à coup, ma femme, Aricia, fut avertie par sa sœur que des Turcs approchaient. En un instant je fus debout avec ma carabine, prêt à faire face à l'ennemi. — Seulement les Turcs signalés, dit l'Anglais, se composaient de ce pauvre Abdallah, qui reçut en mon lieu et place la balle que vous me destiniez, et tomba mort. — Que voulez-vous, monsieur? c'était mon métier à cette époque. Depuis lors la Grèce a reconquis sa liberté, et son roi, en m'accordant grâce pleine et entière, a bien voulu se souvenir que je n'avais jamais répandu que le sang des ennemis du Christ et de la patrie. — Touchez là, monsieur, dit l'Anglais, en ôtant son gant et en présentant sa main droite à l'ex-brigand. Je n'ai pas oublié non plus que, maître de ma vie, vous m'avez accordé la plus généreuse hospitalité, et que, si j'ai pu rentrer vivant à Corfou au milieu d'une bande de Turcs qui infestaient le pays, c'est à vous seul que je le dois.

Pendant cet entretien, une femme d'une rare beauté, portant avec une grâce infinie une robe de *Palmyre*, s'était approchée, et, le front couvert de rougeur, s'inclinait devant l'Anglais. — Ah! madame, dit en saluant profondément ce dernier, que je suis confus de rappeler de tels souvenirs! — Tenez, interrompit en souriant la princesse de Belgioso, je viens de crayonner la caverne du brigand, comme sir B***** a qualifié la maison de Démétrius. Est-ce cela?...

— Admirable de couleur locale! s'écria l'Anglais.

Nous désirons que nos lecteurs, en voyant la planche qui accompagne notre livraison, soient de l'avis de lord B*****.

WINDSOR-CASTLE

LONDRES n'est plus une ville, c'est une province couverte de maisons habitées par deux millions cinq cent mille habitants, et qu'éclairent quatre cent mille becs de gaz. Il faut aller chercher bien loin, dans ses environs, l'ombre et le silence.

WINDSOR-CASTLE, résidence d'été des souverains d'Angleterre, vous offre, sous ce rapport, les plus beaux sites, les plus belles perspectives. Fondé par Guillaume le Conquérant et rebâti presque entièrement par Édouard III, ce château a été embelli par les rois qui l'ont tour à tour habité depuis sept cents ans. La CHAPELLE SAINT-GEORGES, où sont les écussons de tous les chevaliers de l'ordre de la Jarretière, est un beau morceau de style ogival fleuri. Les restes de George III, George IV, Guillaume IV et de plusieurs autres membres de la maison de Brunswick, occupent l'extrémité orientale de cette chapelle. — La chapelle d'Urswick renferme un monument érigé par souscription à la princesse Charlotte. Henri VI, Édouard VI, Henri VIII, Jeanne Seymour, Charles Ier, dorment sous ces dalles de marbre. Lorsqu'on marche sur cette poussière royale, on est disposé tout naturellement à des idées assez lugubres, et votre cicerone vous convie néanmoins à visiter d'autres tombes. Vous ferez bien, croyez-moi, lorsque vous aurez suffisamment médité sur l'instabilité des grandeurs humaines, de visiter la tour, *Round-Tower*, située au centre du château, d'où l'œil embrasse douze comtés et une forêt magnifique qui a vingt-cinq lieues de circuit.

Le jour où nous visitâmes WINDSOR-CASTLE, un soleil d'Italie dorait ses eaux et ses ombrages. Dans le superbe jardin que domine la plus belle terrasse du monde, la reine VICTORIA se promenait entourée de ses beaux enfants. Le prince de Galles donnait gravement le bras à l'une de ses sœurs, Alice; les plus jeunes enfants jouaient entre eux. Quelques moments après, le prince Albert apparut, et toute la charmante famille courut de son côté. Ce tableau de la vie dans son plus riche aspect, encadré par un splendide horizon, nous fit bien vite oublier les sombres images des caveaux funéraires de Windsor. En voyant cette reine d'une nation puissante et libre sourire à toutes ces têtes blondes qui lui font une seconde couronne, aussi précieuse que celle des Trois-Royaumes, nous ne pûmes que répéter par la pensée le cri national de l'Angleterre : GOD SAVE THE QUEEN!

CHRONIQUE

JUILLET

EAUX THERMALES — SAISON DES BAINS

I

VICHY

Paris est envahi par le monde entier; le soleil luit sur nos têtes, les salons sont fermés, c'est le moment d'aller prendre les eaux! Chapelle, Bachaumont, madame de Sévigné, Boileau lui-même, malgré la pureté quelquefois recherchée de leur langage, parlent des eaux thermales en nous donnant de curieux détails sur la médecine et les médecins de cette époque. Longtemps avant le grand siècle, Guy-Patin, Ambroise Paré ont conseillé plus d'une fois l'usage des eaux *salubres*. Aujourd'hui, tout le monde parle des eaux, et chaque année voit apparaître de nouvelles descriptions, de nouveaux manuels à l'usage des buveurs d'eau. VICHY, NÉRIS, PLOMBIÈRES, CONTREXEVILLE, BOURBONNE, ENGHIEN, BARÉGES, le MONT-D'OR, SAINT-SAUVEUR, BAGNÈRES, voilà nos eaux thermales les plus recherchées par le monde élégant. N'attendez pas de nous une appréciation plus ou moins scientifique de la valeur de ces diverses sources. Nous partageons à cet égard l'opinion de Rabelais, qui dit : « Je m'esbahis grandement d'un tas de fols philosophes et midicins qui perdent temps à disputer d'où vient la chaleur de ces dictes eaux; ils ne font que rêvasser. » Notre conseiller sera le GUIDE le plus simplement et le plus facilement écrit. A ce titre, le petit volume de M. LOUIS PIESSE, VICHY ET SES ENVIRONS[1], nous paraît devoir être mis dans la main de tous ceux qui vont demander à ces sources célèbres le plaisir ou la santé. M. Piesse s'est rendu à Vichy sans avoir fait son travail d'avance, sans aucun parti pris. Il a dit ce qu'il avait vu, sans *poser*, sans *mettre de manchettes*. C'est une véritable bonne fortune pour notre publication que de pouvoir lui emprunter les pages suivantes :

[1] *Guides-Cicerone*. Librairie de L. Hachette et Cie. 2e édition. (Vichy et ses Environs).

ARRIVÉE A VICHY

Lorsque vous arrivez à Vichy, vous avez besoin de toute votre patience pour repousser les obsessions des garçons et des filles d'hôtel, si vous n'avez, avant votre départ, fait le choix d'un gîte. Le temps n'est plus où Vichy n'offrait pour tout abri que l'auberge des Trois-Croissants; Vichy, aujourd'hui, renferme un grand nombre d'hôtels : il y en a pour tous les goûts et pour toutes les bourses.

Vous devez être déjà fixé, d'après l'avis de votre médecin, sur les eaux que vous devez boire. Nous vous conseillerons les hôtels des rues des Thermes, de Ballore, de Paris et Lucas, si les eaux de la Grande Grille ou du Puits Chomel vous sont recommandées; les hôtels des rues de Nîmes, du Pont-Neuf et de la Place Rosalie, si vous devez boire à la source Rosalie; et enfin le vieux Vichy, si vous êtes goutteux, calculeux ou diabétique, les Célestins devant être le but de vos excursions.

Désirez-vous vivre dans une maison garnie avec ou sans table d'hôte? Les rues de Paris, du Pont-Tillard et le vieux Vichy renferment une foule de maisons à jardins, convenablement disposées. Au contraire, voulez-vous vivre seul? Le marché de chaque matin vous offrira de grandes ressources, si vous avez, comme nous le supposons, une ménagère entendue.

Quant à vous, touristes, qui recherchez avant tout le site, l'agrément et la mode, nous vous indiquerons les hôtels de Paris, Germot, Montaret, Burnol et Givois; ils sont situés rue Cunin-Gridaine, en face du parc, à proximité de l'établissement thermal, c'est-à-dire au centre du mouvement et de la vie élégante. Seulement, faites retenir, si vous le pouvez, vos logements à l'avance; la précaution, nous vous l'assurons, ne sera pas inutile.

Vous voilà donc installés; alors, malades ou simples touristes, car en venant à Vichy vous devez être malades par occasion, vous irez chez un médecin, celui que le vôtre vous aura désigné ou celui que vous aurez choisi ; puis, après avoir obtenu l'autorisation nécessaire pour prendre des bains, vous irez soit au grand établissement thermal, soit à l'établissement des bains de l'Hôpital, remettre votre permis à un commis d'ordre qui l'inscrira, puis le transmettra au chef baigneur ; ce dernier vous désignera l'heure et le cabinet où vous pourrez prendre votre bain.

Les billets se distribuent dans la galerie principale de l'établissement pendant les heures de bains. La durée du bain est de une heure un quart, et le règlement à ce sujet est impitoyable. L'eau bue aux fontaines ne se paye pas; mais l'usage est, en quittant Vichy, de rémunérer les Hébés de l'endroit.

Les buveurs qui ne veulent pas se servir du verre omnibus trouvent aux abords des fontaines des marchands de cristaux : les verres coûtent de 1 franc à 1 franc 25 cent.; on peut les confier en toute sûreté aux donneuses d'eau, qui y feront une marque et ne se tromperont jamais de propriétaires; elles ont pour cela une mémoire étonnante.

. . . .

LES BUVEURS D'AUJOURD'HUI

La vie du buveur d'eau à Vichy est assez uniforme : levé dès le matin, il court prendre son bain à l'établissement central, ou bien à la succursale, près de l'hôpital ; puis la matinée se passe à boire de cette eau chaude, tiède ou froide, depuis la quantité de un quart de verre jusqu'à celle de douze verres, en mettant entre chaque verre un intervalle d'un quart d'heure employé à une promenade dans le parc, si le buveur doit s'arrêter à la Grande-Grille, au puits Chomel, à la fontaine Rosalie ; et sur les bords de l'Allier ou dans le clos des Célestins, si, au contraire, les eaux des Célestins ou du puits Lardy lui ont été ordonnées.

C'est une étude assez curieuse à faire que celle de tous ces hommes vieux ou jeunes, vigoureux ou débiles ; de toutes ces femmes et de toutes ces jeunes filles, belles ou laides, roses ou jaunes : tous arrivant à Vichy des cinq parties du monde, les uns amenés par la mauvaise santé, les autres par le désœuvrement ; tous cheminant, en négligé du matin, qui vers les bains, qui vers les puits. On peut dire que ce spectacle est le prologue de la grande pièce qui se joue dans la journée, prologue qui se passe un peu sur la scène et un peu dans les coulisses. Là, chacun est franchement soi, sans apprêts, sans restriction, et alors vous devez croire que le lever du rideau vaut bien la grande pièce. Ce va-et-vient matinal s'arrête comme par enchantement à neuf heures et demie ; c'est qu'alors un premier et formidable carillon de cloches, de clochettes et de sonnettes, mises en branle dans chaque hôtel, prévient que l'heure du déjeuner n'est pas éloignée. C'est le moment de faire toilette jusqu'à ce qu'un gros carillon annonce que le déjeuner est servi.

Chaque hôtel a sa physionomie particulière. La société de la rue Cunin-Gridaine est essentiellement aristocratique et financière ; celle des rues de Paris et de Nîmes plus bourgeoise ; la rue Lucas les réunit toutes, à son extrémité Ouest, dans l'hôtel des Princes, et par opposition, les représentants de notre armée de terre et de mer occupent à l'extrémité Est l'hôpital militaire. Il est presque inutile de parler des aigrefins, qui se fourrent partout et toujours. Mais, quelles que soient la fortune, la position ou les allures de chacune de ces sociétés, le fond de la conversation est invariablement le même.

Une fois lié avec l'arrivant de la veille, lié d'une amitié sincère (sauf à ne jamais se rencontrer plus tard), on examine, on scrute l'arrivant du matin ; puis on parle de sa santé, de l'heure de son bain, de l'eau que l'on boit, de la source à laquelle on va boire cette eau, du bien-être que l'on ressent déjà, du temps que l'on passera à Vichy, et enfin, chose importante, de la manière dont on tuera ce temps. La conversation se résume en un immense bourdonnement, car telle table d'hôte contient jusqu'à cent personnes.

Après le déjeuner, quand il fait beau temps, les ânes, les chevaux, les calèches et les omnibus sont là qui vous attendent pour vous transporter à la promenade convenue ; s'il pleut, au contraire, tous les pianos de Vichy glapiront et gémiront à qui mieux mieux : ce sera une cacophonie à devenir sourd ; les tables de wisth, de bouillotte, de lansquenet et de baccarat se dresseront dans les coins des salons ; les conversations commencées à table reprendront de plus belle ; et pendant que les hommes sérieux dérouleront à perte de vue des plans politiques ou financiers, et que les mamans feront courir l'aiguille sur la broderie ou sur la tapisserie, les jeunes gens et les belles demoiselles organiseront des bals d'hôtel à hôtel, en dehors de ceux de Strauss. On danse cependant deux fois par semaine chez Strauss, mais c'est peu pour des malades qui viennent prendre les eaux ! Il faut bien se dédommager ; et puis aussi il n'est pas de très-bon ton de sauter au bal du dimanche; on laisse cela aux Bourbonnais, qui, n'y regardant pas de si près, se livrent à l'exécution d'une bourrée moins caractéristique aujourd'hui que les *dégognades* dont parle madame de Sévigné.

N'oublions pas de dire que les malades qui peuvent ou veulent concilier le régime des eaux avec le piquet, le bezigue et les dominos, s'en vont, après le déjeuner, prendre d'assaut les tables du café de la Rotonde, à l'entrée du parc.

C'est encore entre le déjeuner et le dîner que se font et se rendent les visites.

Quant aux buveurs venus à Vichy, non par genre, mais pour rétablir leur santé, non pour changer dix fois par jour de costume, mais pour suivre exactement les prescriptions du médecin, leur vanité les rend d'un classement impossible. Nous ferons cependant une exception pour la phalange intrépide des pauvres goutteux revenus des champs de bataille de l'Empire ou des razzias de l'Afrique et des viveurs incorrigibles.

Grognards et viveurs, jeunes et vieux, obèses et étiques, plutôt obèses qu'étiques, arrivent, à grands renforts de cannes et de béquilles, au camp pacifique des Célestins, où ils ont bientôt fait et renouvelé connaissance, tout en absorbant une prodigieuse quantité d'eau minérale. La fontaine des Célestins a sa physionomie particulière et vraiment originale.

La journée se passera donc en promenades, en visites, alternées par des stations aux fontaines, quand la chose sera possible. A quatre heures et demie, nouveau carillon, précédant d'une demi-heure la sonnerie définitive, c'est-à-dire l'heure du dîner; c'est plus que jamais le moment de faire une autre toilette, surtout si l'on revient de la promenade.

A table, l'excursion que l'on vient de faire, si le temps a été beau, et, s'il a plu, les fiches gagnées ou perdues, les bancos remarquables, l'annonce d'un bal prochain, l'arrivée d'un buveur illustre ou d'un artiste célèbre, sont de nouveaux sujets de conversation.

Après le dîner, l'habitude est généralement de faire la sieste sur les bancs qui garnissent le devant des hôtels. De ces stalles, plus ou moins bien rembourrées, on assiste au concert ou au spectacle. Ce concert, atroce symphonie, est exécuté, c'est le mot, avec des harpes sans cordes, des violons criards, des clarinettes fêlées, des orgues dites, à juste titre, de Barbarie, surtout quand elles sont accompagnées de tambours de basque et de cornets à piston. Le spectacle est un mélange de la musique ci-dessus avec les Auriol en herbe et Polichinelle. Polichinelle et son cortége du chat, du commissaire et du diable, a autant de succès qu'aux Champs-Élysées, et ce n'est pas peu dire. Est-il donc vrai que Polichinelle soit le premier et le dernier mot de l'art dramatique?

J. R. HERBERT R.A. PAINTER | J. OUTRIM, ENGRAVER

SIR THOMAS MORE.

SIR THOMAS MORE

« Je conviens, disait le grand chancelier Thomas More, en parlant du roi Henri VIII, qu'il est bon maître; cependant, malgré la faveur dont il m'honore, si ma tête qu'il vient de caresser pouvait lui gagner un château en France, il ne la laisserait pas longtemps sur mes épaules. »

Homme d'une rigide vertu, d'un esprit élevé, Thomas More joignait aux connaissances les plus étendues en littérature l'intégrité la plus pure, la plus aimable humeur.

Lorsque Henri VIII voulut substituer sa suprématie à celle de l'Église romaine et faire prononcer son divorce avec Catherine d'Aragon, Thomas More se refusa avec inflexibilité à donner son assentiment à ces dispositions. A ses amis qui le pressaient de prêter les mains au divorce du roi afin de faciliter son mariage avec Anne de Boleyn : — Voulez-vous donc, leur dit-il, que j'échange l'éternité avec les vingt ans qui peuvent me rester à vivre? Conduit et enfermé à la Tour de Londres, son procès ne tarda pas à être instruit et il fut condamné à la décapitation.

La veille de son exécution, sa fille, Marguerite Roper, vint le trouver et le supplia inutilement d'adresser un recours en grâce au roi. — Non, ma chère enfant, lui dit-il; qu'est-ce que le sacrifice de la vie quand on garde sa vertu? Regardez, lui dit-il en souriant, regardez ce beau ciel qui nous éclaire à travers ces grilles, cette demeure-là ne vaut-elle pas tous les palais du monde?

Jusqu'au moment suprême sa fermeté, sa sérénité ne l'abandonnèrent pas. — Aidez-moi, mon ami, dit-il à l'exécuteur, en montant sur l'échafaud, lorsque je serai à genoux, je me charge du reste. Touché de sa résignation, l'exécuteur lui demanda pardon du triste devoir qu'il allait remplir. — Ah! je ne vous en veux pas, mon ami, s'écria Thomas More; attendez seulement que j'écarte ma barbe pour recevoir le coup, car elle n'a jamais commis de trahison.

C'est le 6 juillet 1535 que Thomas More fut décapité sur la plate-forme de la Tour; le lendemain, sa tête fut exposée sur le pont de Londres. Pendant la nuit, sa pieuse fille Marguerite, bravant tous les dangers, vint recueillir cette tête froide et souillée par les mains de la plèbe. Se jetant à la hâte dans une barque avec ces restes précieux : — Oh! mon bon, mon vertueux père, s'écria-t-elle en baisant le front décoloré de Thomas More! vous reposerez en terre sainte, et chaque jour je viendrai chercher sur votre tombe, à Saint-Dunstan, les inspirations de votre âme céleste.

GASTON DE FOIX

Revenant d'un pèlerinage à Jérusalem, un enthousiaste, Pierre d'Amiens, surnommé l'Ermite, parut, en 1094, devant le pape Urbain II et lui fit un tableau touchant des maux que les chrétiens avaient à souffrir de l'insolence et de la rapacité des Turcs. Urbain II reçut Pierre comme un prophète, applaudit à sa mission et le chargea d'annoncer la prochaine délivrance de la ville sainte. Pierre l'Ermite, ceint d'une grosse corde, un crucifix à la main, parcourut l'Italie, la France et la plus grande partie de l'Europe, embrasant tous les cœurs du zèle dont il était dévoré. *Dieu le veut! Dieu le veut!* tel fut le premier cri des bandes guerrières qui accoururent sous les drapeaux de la croix.

Au nombre des principaux chefs de l'armée des Croisés, à côté de Godefroy de Bouillon, des frères Baudouin, du comte de Toulouse, de Robert, comte de Flandre, de Tancrède, Gaston de Foix, vicomte de Béarn, fut l'un des premiers à ceindre l'épée et à appeler à lui tous les hommes en état de porter les armes. Avant d'accomplir sa sainte mission, il publia une ordonnance qui enjoignait le maintien de la paix dans toute l'étendue de sa province, et chargeait sa femme, la vicomtesse de Béarn, aussi célèbre par sa beauté que par sa haute intelligence, d'administrer son peuple.

Bientôt les 600,000 croisés, que commandaient tant d'illustres chefs, arrivèrent à Constantinople, enlevèrent Nicée et s'ouvrirent un chemin jusqu'à Antioche par la brillante victoire de Dorylée. Maîtres, peu de temps après, de la ville sainte, les Croisés s'abandonnèrent à toutes les fureurs de la vengeance. La puissance séculière fut déférée par élection à Godefroy de Bouillon, qui fonda le royaume de Jérusalem sous le titre modeste de défenseur du Saint-Sépulcre.

Durant cette première croisade, Gaston de Foix s'était couvert de gloire, tout en ayant su maintenir dans les rangs de ses hommes d'armes une discipline sévère. Il revint dans son comté avec l'appareil militaire qui convenait à son rang et à ses exploits. Près d'une femme adorée, il allait jouir des douceurs du repos, lorsque la nouvelle de la prise de la ville sainte par le sultan Saladin vint répandre la consternation dans tout l'Occident. La seconde croisade fut résolue, et Gaston partit en prenant pour devise de guerre cette noble parole qui depuis fut répétée par l'un de ses illustres descendants, à la bataille de Ravenne : *Qui m'aime, me suive.* Le noble guerrier trouva la mort dans cette expédition. Il tomba, comme il convenait à un vicomte de Béarn, l'épée haute, en face de l'ennemi.

SIR C. L. EASTLAKE P.R.A. PAINTER — C. W. SHARPE, ENGRAVER.

GASTON DE FOIX.

CHRONIQUE

AOUT

EAUX THERMALES — SAISON DES BAINS

II

VICHY

ANS l'après-dînée se tiennent les jeux d'adresse, qui consistent à gagner ou à ne pas gagner des couteaux ou autres menues quincailleries au moyen d'anneaux qu'on doit faire passer dans un de ces couteaux, de palets qu'on jettera un certain nombre de fois sur ou contre un tabouret et un tamis, sans les manquer, ou de quilles à abattre. Tous les buveurs, à de rares exceptions, se livrent avec frénésie aux jeux d'adresse; c'est peut-être, après tout, le complément hygiénique des eaux.

Le parc se garnit ensuite de promeneurs : les plus aventureux suivent l'allée des Dames, ou s'en vont par delà les ponts ; puis, la nuit venue, les salons de l'établissement se garnissent d'une foule compacte.

SALONS DES THERMES. — LES CONCERTS, LES BALS, LES REPRÉSENTATIONS THÉATRALES, LES JOUEURS.

Il y a quelques années encore, lorsqu'on ne dansait pas à Vichy, les dames faisaient toilette de bal et tenaient cour plénière devant les hôtels. Cet usage, qui a disparu, demandait moins d'esprit dans les jambes et beaucoup plus dans la tête.

Aujourd'hui, tout est changé ; quand le soleil se couche par delà l'Allier dans des flots d'or et de pourpre, ou moins poétiquement, quand la nuit arrive, ce n'est point un des spectacles les moins curieux et les moins caractéristiques de Vichy que celui de l'allée principale du parc, bordée jusqu'aux premières marches de l'établissement thermal d'un triple rang de curieux, et par laquelle se rendent au bal, au concert ou au théâtre, les buveurs infatigables.

L'établissement thermal comprenait d'abord, à son premier étage, deux salles de lecture, une salle de jeu, une salle de billard, et enfin le grand salon donnant sur le parc et servant tout à la fois pour les concerts et pour les bals.

C'est en 1845 que M. Cunin-Gridaine, alors ministre du commerce et l'un des hôtes assidus de Vichy, a fait construire par l'architecte Isabelle la grande rotonde actuelle, reliée à l'ancien salon par une galerie dont les panneaux mobiles disparaissent quand l'affluence des buveurs d'eau l'exige.

La rotonde est blanc et or; la coupole est divisée en plusieurs compartiments décorés à la partie supérieure d'un médaillon fond or, sur lequel se détache le portrait d'un grand compositeur, et au-dessous celui d'un personnage épisodique de l'opéra qui a illustré chaque maître, ainsi : *Don Juan* sous Mozart, *Richard* sous Grétry, *Freyschütz* sous Weber, *Anna* (de la Dame Blanche) sous Boïeldieu, *Joseph* sous Méhul, etc., etc. Cette décoration est d'un joli effet, et a d'ailleurs le mérite d'être parfaitement appropriée à la destination de la salle.

Strauss, notre compatriote, qu'il ne faut pas confondre avec Strauss de Vienne, dont il partage, du reste, la célébrité, après avoir longtemps dirigé les bains d'Aix en Savoie, a inauguré, le 14 juillet 1845, les salons de Vichy. De cette époque date la suite non interrompue de concerts et de bals qui font si justement sa renommée et la joie des buveurs d'eau.

On se rappellera toujours le premier concert, dans lequel se firent entendre Mme Damoreau, les frères Batta, MM. Bernardin et Chaudesaigues. De pareils noms obligeaient. Depuis, on a entendu Mmes Félix Miolan, Sabatier, Lefébure-Wély, MM. Godefroy Batta, Géraldy, Ponchard, Lefébure-Wély, Levassor, etc. Bref, le programme de chaque saison a prouvé que Strauss n'est jamais resté au-dessous de la tâche difficile de distraire un public souvent blasé et inamusable.

Strauss conduit avec une vigueur et un entrain qui ne se sont jamais ralentis un orchestre de quinze musiciens, artistes choisis dans les chefs de file des grands orchestres des Tuileries, de l'hôtel de ville et des palais princiers. Les noms de MM. Bernardin, Simon, Vierck, Parès et Vandenheuvel nous dispenseront de plus amples éloges.

Les concerts ont lieu tous les jours, excepté les jeudis et les lundis, réservés pour le bal.

Essayerons-nous de décrire un bal à Vichy?

Un bal c'est, lorsque les bougies étincellent, la foule qui ondule, se presse, se heurte et s'entasse, collée en espalier ou formant une digue que renverse bientôt un océan de danseurs; un bal, c'est un tourbillon de tissus plus légers que des ailes d'abeille; un bal, c'est pour les jeunes filles le succès, pour les jeunes femmes le triomphe et la jalousie, pour les jeunes gens l'espoir, pour les maris une corvée, pour quelques-uns du bruit. Mais un bal chez Strauss, c'est tout cela, et, de plus, la tarentule qui vous saute aux jambes et vous fait valser, polker et mazurker malgré vous.

Enfin, un bal chez Strauss, c'est aussi, pour d'autres, la suite d'une conversation commencée l'hiver à Paris ou partout ailleurs.

Aux concerts et aux bals viennent se joindre des représentations théâtrales, composées d'opéras-comiques à deux ou trois chanteurs, et de proverbes, comme A. de Musset ou O. Feuillet ont su les mettre à la mode. Dire que proverbes et opéras sont joués et chantés par des artistes de Paris est chose presque inutile.

Quelques mots sur les joueurs à Vichy.

N'allez pas croire au moins que ces joueurs piquent la carte et suivent les variations de la rouge et de la noire, du trente et du quarante, pour ponter au moment voulu; non pas, Vichy n'est, Dieu merci, une succursale ni de Spa, ni de Baden, ni d'Aix.

Nos joueurs jouent le whist, mais d'une façon si intrépide, que rien ne les distrait, ni une belle partition de Rossini, de Meyerber ou de Félicien David, ni les accords joyeux et bruyants de Strauss.

Aussi, quels joueurs! gare au partner inexpérimenté qui viendrait se fourvoyer auprès d'eux! Nous nous rappellerons toujours l'aventure arrivée à un de nos amis qui, abordant un matin, dans le parc, son partner de la veille, reçut, en échange de son bonjour, cette foudroyante réponse : « Ah! monsieur, si vous eussiez joué la dame au lieu du roi, nous ne perdions pas trois fiches et nous en gagnions dix!!! »

Si maintenant vous désirez descendre plus avant dans les idées de chacun, veuillez lire les lignes suivantes, que nous sommes heureux d'emprunter à la spirituelle comédie de M. Félicien Mallefille, *le Cœur et la Dot* [1] :

« Eh! parbleu! les eaux ne sont-elles pas bonnes à tout? Vous le savez mieux que personne, ingrat docteur. C'est aux eaux que vous envoyez tous les gens dont vous ne savez comment vous débarrasser. Aux eaux la goutte, les rhumatismes, les sciatiques, les gastrites, les vapeurs, toutes les affections auxquelles vous ne pouvez rien, sans compter celles où vous ne connaissez pas grand'chose. Oisifs las de leur désœuvrement; joueurs ruinés qui veulent corriger le hasard; ministres tombés et mal remis de leur chute; riches embarrassés de leur argent; aventuriers cherchant fortune; beaux fils cherchant aventure; garçons en chasse de dot; mères en quête de gendres; demoiselles à marier; femmes stériles et fatiguées de l'être; maris courant après la paternité: tous viennent à la fois implorer le pouvoir mystérieux des sources bienfaisantes; et jamais en vain. Vous faites des ordonnances, on ne les suit pas, mais on les paye, ce qui est l'important; on boit de l'eau, du vin aussi : on se promène, on danse, on joue; l'argent va, le plaisir vient, la morale va et vient; on se marie ou on ne se marie pas; l'amour gagne ce que la vertu perd; la stérilité devient féconde, la maladie jette ses béquilles pour courir la pretantaine; il en meurt quelques-uns, il en naît davantage : personne ne se plaint, et les survivants se retirent satisfaits en se donnant rendez-vous pour la saison prochaine. »

Voilà Vichy avec son monde de passage, avec sa vie de plaisirs continuels, depuis le mois de juin jusqu'au milieu du mois d'août.

[1] Il est bien entendu qu'il faut tenir compte de l'exagération que comportent les peintures de mœurs, au théâtre

Quand arrive la fête de l'Assomption, Vichy se pare une dernière fois : dans le jour, c'est la procession de la Vierge noire, au bruit du canon et des fanfares de Strauss; c'est la bénédiction donnée par le vénérable pasteur aux habitants de la ville, sédentaires et passagers, et aux nombreuses populations descendues depuis la veille des campagnes environnantes; le soir, le parc est illuminé, l'établissement thermal est resplendissant au dedans et au dehors : c'est le dernier grand bal qui a lieu.

Puis, le lendemain, Vichy est dépeuplé, il n'y reste que les attardés, il n'y vient que de véritables malades. Désormais on peut compter sans avoir recours aux listes bleue et jaune. Strauss cherche encore à galvaniser jusqu'au 15 septembre cette société déjà morte.

Enfin tout le monde est parti; l'hiver est arrivé; les hôteliers comptent leurs recettes et songent déjà à faire élever d'un étage ou deux l'hôtel trop petit.

L'allée de Mesdames, le Goure saillant, la montagne Verte, la côte Saint-Amant sont autant de solitudes boueuses ou glacées.

Quant à Vichy-les-Bains, ses rues sont désertes, ses maisons triplement fermées : c'est une véritable nécropole où s'agitent seules les vapeurs condensées des fontaines.

D. MACLISE R.A. PAINTER. — HOLLS ENGRAVER.

HAMLET.

HAMLET

« Murder most foul as in the best is
« But this most foul strange and unnatural »

ACTE III. — SCÈNE X

Le théâtre représente une salle du château d'Elseneur.

HAMLET, prince de Danemark, a fait venir des comédiens qu'il a chargés de représenter sous des noms supposés le meurtre odieux par lequel Claudius, son oncle, de concert avec sa mère, a fait périr son père, pour s'emparer du trône.

Le roi Claudius et Gertrude, mère d'Hamlet, sont assis à la gauche de la scène. Près de la rampe du théâtre se tient un vieillard, Polonius, seigneur chambellan et père d'Ophélia, aimée d'Hamlet.

A la droite de la scène est assise Ophélia, derrière laquelle est debout Horatio, ami d'Hamlet.

Cornélius, Rosencrantz, Guildenstern, seigneurs de la cour de Danemark, et les jeunes enfants de Claudius sont placés au second rang.

Hamlet est à demi couché aux pieds d'Ophélia.

Commence une scène muette qui annonce le sujet de la pièce. On voit entrer un duc et une duchesse, la couronne sur la tête. Le duc penche amoureusement sa tête sur les épaules de sa femme, puis il se couche sur un lit de fleurs. Dès qu'elle le voit bien endormi, la duchesse le quitte. Un autre acteur arrive, qui verse du poison dans l'oreille du duc, lui ôte sa couronne et s'enfuit. — La duchesse revient, trouve le duc mort et fait éclater son désespoir. L'empoisonneur reparaît avec deux autres acteurs qui unissent leurs lamentations aux cris de la duchesse. — On emporte le corps du duc. L'assassin fait sa cour à la duchesse et lui offre des présents. Elle résiste d'abord; mais bientôt elle cède et finit par lui donner la main.

OPHÉLIA, s'adressant à Hamlet.

Que signifie, seigneur, cette scène muette?

HAMLET.

Nous allons le savoir de cet acteur, les comédiens ne peuvent pas garder de secrets; ils révèlent tout.

OPHÉLIA.

Vous êtes un badin! vous êtes un badin! Je veux écouter la pièce.

LE ROI CLAUDIUS, à Hamlet.

Avez-vous compris le sujet de la pièce? Y a-t-il rien qui puisse blesser?

HAMLET.

Rien qui puisse blesser, ils ne font que plaisanter; c'est un poison simulé.

LE ROI.

Comment appelez-vous la pièce?

HAMLET.

La Trappe tendue; oui, en parlant par figure. Cette pièce est la représentation d'un meurtre commis à Vienne. Gonzague est le nom du duc; son épouse s'appelle Baptista. Vous verrez tout à l'heure, c'est une intrigue infernale; mais que nous importe? Votre Majesté et nous qui avons la conscience pure, cela ne nous affecte pas. Que de perverses créatures soient électrisées par cette commotion, nos muscles, à nous, ne s'en ressentent pas. Mais voici l'acteur qui va parler.

L'ACTEUR.

Sombres pensées, mains prêtes à l'action, sucs efficaces, heure propice, saison conjurée et nulle créature pour le voir! Toi, noir mélange, recueilli à minuit des herbes sauvages, trois fois infecté, trois fois pénétré des poisons d'Hécate; toi, potion magique, fournie par la nature, cruels ingrédients, vous glacez sur-le-champ les sources de la vie!

HAMLET, lançant un regard terrible à Claudius.

Vous le voyez, on empoisonne le duc pour usurper ses États; le nom du duc est Gonzague. L'histoire est véritable, authentique et écrite en italien pur. Vous avez vu tout à l'heure comment le meurtrier a su gagner l'amour de l'épouse de Gonzague.

Claudius se trouble et se lève brusquement.

OPHÉLIA.

Le roi se lève!

HAMLET.

Comment! Il s'effraie d'une fausse lueur?

POLONIUS, avec inquiétude, aux comédiens.

Laissez là votre pièce.

LE ROI, tout troublé.

Qu'on m'apporte des flambeaux. Sortons!

Tous les courtisans se lèvent.

Des flambeaux! des flambeaux!

SCÈNE XI

HAMLET ET HORATIO restés seuls.

HAMLET.

Que le cerf atteint du trait mortel aille pousser ses cris plaintifs; que le faon innocent bondisse dans la plaine. Il faut que les uns veillent tandis que les autres dorment.

Ainsi va le monde!

Eh bien! ami, ce couplet, avec un panache sur la tête et des rosettes sur ma chaussure, ne pourraient-ils pas m'agréger à une troupe de comédiens?...

HORATIO.

Vous avez un demi talent.

HAMLET.

Oh! un talent complet! cher Horatio. Je tiendrai désormais la parole du spectre pour bonne, pour infaillible. — As-tu remarqué le trouble de Claudius quand il a été question d'empoisonnement?

HORATIO.

Oh! très-bien, seigneur.

HAMLET.

Allons! quelques airs de musique; car si le roi n'aime pas la comédie, c'est qu'apparemment il aime mieux les chants bouffons. Allons! allons! un peu de musique!

LE VAL SAINT-NICOLAS

DANS le Valais, le pont de Viége est un des sites les plus pittoresques de la Suisse. Les pics de Shalhorne se dressent sous leur manteau de neige à l'horizon, et les vallées de Saas et de Saint-Nicolas se déroulent à vos yeux avec toutes leurs capricieuses sinuosités. En quittant les rues étroites de Viége, on suit le cours de la rivière par un sentier charmant qui, côtoyant le bord de précipices au-dessous desquels les eaux font entendre leurs mugissements, conduit à un petit hameau placé dans la situation la plus romantique, à l'entrée du val Saint-Nicolas. Là, le torrent est traversé par un pont étroit et d'une seule arche, qui avoisine un petit oratoire, dans lequel, au pied d'une humble croix, on lit ces mots : *Priez pour les âmes de tous les voyageurs qui sont morts en cet endroit.* Cette invitation est terrible dans son intention pieuse; et lorsque l'on sort de là pour se retrouver en face des abîmes qui peuvent vous engloutir, des neiges qui peuvent rouler sur votre tête, on a un peu froid, un peu peur, on est moins enthousiaste, moins avide des aspects grandioses de la nature.

Un sentier escarpé suit le torrent et offre des scènes d'un intérêt toujours croissant jusqu'à ce qu'on atteigne le village de Stalden, placé dans la plus belle position et composé d'anciennes habitations suisses dispersées irrégulièrement. L'arrivée d'un étranger est un événement rare pour les habitants d'un hameau si retiré. De là, un autre sentier étroit et rude conduit au val Saint-Nicolas, dans lequel se déploie une scène véritablement sublime : d'une largeur à peine suffisante pour une mule chargée, le sentier serpente tantôt au milieu de halliers, tantôt au travers de pâturages, quelquefois, traversant un ravin au bas duquel des torrents se précipitent avec impétuosité pour aller joindre leurs eaux à la rivière qui coule près de là. Enfin on aperçoit les cimes magnifiques du mont Cervin ou du Matterhorn, éblouissant les yeux par leur éclatante blancheur. A la base d'un précipice avancé, on voit des rochers à pic, des forêts de bouleaux et de pins, étalant leur verdure en masses ondulées, traversées par des torrents écumeux.

Il y a là un spectacle de grandeur et de solitude qui a été reproduit avec une très-grande et très-belle vérité par un peintre anglais d'un rare talent, M. Harding; nous plaçons ce remarquable dessin sous les yeux de nos lecteurs.

J. D. HARDING, PAINTER. R. WALLIS, ENGRAVER.

VAL S^T NICOLAS.

H. MANDEVILLE PARIS.

CHRONIQUE

SEPTEMBRE

EAUX THERMALES — SAISON DES BAINS

LE MONT DORE

Sans contredit, le Mont Dore est l'endroit de l'Auvergne le plus exploré par les touristes savants, artistes ou simples curieux, sans en excepter les malades.

Nous emprunterons à la plume élégante et facile de M. L. Piesse, comme nous l'avons fait pour Vichy, les pages suivantes, extraites d'un volume publié par lui chez Hachette [1]. Dans le monde d'argent, c'est une bonne opération que d'emprunter à plus riche que soi; dans le monde des lettres, il en est absolument de même.

Le Mont Dore (*mons durianus* et non *mons aureus,* nous invoquons ici l'autorité de Sidoine Apollinaire), le Mont Dore est-il le *calentes baiæ* qu'on place également à Chaudes-Aigues, ou l'*aquis calidis* qui peut aussi être Vichy? questions que de plus experts que nous ont jusqu'ici essayé, mais en vain, de résoudre.

Toujours est-il que les Gaulois ont d'abord utilisé les eaux thermales du Mont Dore; les Romains, maîtres de l'Auvergne, ne durent point les négliger, et l'époque gallo-romaine a été pour le pays une époque de prospérité de laquelle date la construction des Thermes anciens et du Panthéon, dans lequel on venait demander la santé aux dieux, ou remercier les dieux d'avoir recouvré la santé.

Les Thermes et le Panthéon durent probablement disparaître au ve siècle, lors de l'invasion des Vandales et des Francs.

Pendant plusieurs siècles, les historiens cessent de parler des bains du Mont Dore; mais, ce

[1] Un volume in-18, chez Hachette et Cie, rue Pierre-Sarrazin, 14.

qui est remarquable, c'est qu'une partie du village a conservé jusqu'à nos jours le nom de Panthéon.

. . . . En 1605, les bains sont fréquentés. . . . .

Il faut maintenant nous reporter à 1787; les bains du Mont Dore attirent l'attention de l'intendant, M. de Chaserat : on commence une route, on améliore les bâtiments qui entourent les fontaines minérales; mais la révolution éclate et les travaux sont abandonnés.

En 1806, M. Ramond, préfet du Puy-de-Dôme, comprenant toute l'importance que pouvaient acquérir les eaux thermales du Mont Dore, fait dresser le plan d'un établissement par MM. Cournon et Ledru.

En 1810, sur la demande du conseil général, l'administration décide que le possesseur des eaux du Mont Dore sera exproprié pour cause d'utilité publique; cette mesure, inusitée à l'époque où elle fut prise, entraîna des procès longs et dispendieux. Ce n'est qu'en 1817 que les constructions commencèrent à s'élever, elles furent en grande partie terminées en 1823, mais depuis, et à différentes reprises, elles ont été augmentées.

Le village du Mont Dore n'est plus, grâce à ses cures merveilleuses, grâce à l'importance qu'il a acquise, le village sale et boueux se composant d'une soixantaine de maisons sans écuries ni remises, où la nourriture donnée aux buveurs était chère et de mauvaise qualité, ainsi que nous l'apprend Legrand.

Adossé au Puy de l'Angle, il se compose aujourd'hui d'une centaine de jolies maisons converties en hôtels, qui bordent la rue principale et la place de l'établissement. A l'extrémité de la rue s'ouvre une promenade circulaire ornée des ruines du Panthéon et des anciens Thermes; à l'un des côtés de cette place aboutit le ponceau suspendu jeté sur la Dordogne et traversé si fréquemment par les buveurs d'eau...

Les sources minérales utilisées au Mont Dore sont au nombre de sept :

1° La source Caroline,

2° Les bains de César,

3° Le Grand-Bain ou bain Saint-Jean,

4° Le bain Ramond,

5° Le bain de Rigny,

6° La source de la Madeleine,

7° Les sources Sainte-Marguerite et du Tambour.

Leurs propriétés médicales les font principalement employer pour la guérison de la phthisie et des rhumatismes nerveux et articulaires.

. . . .

La saison des eaux du Mont Dore commence plus tard et finit plus tôt que partout ailleurs; la situation élevée du village (1052 m.), surplombé lui-même par de hautes montagnes, en fait très-facilement comprendre la raison.

L'hiver, la neige couvre tout le pays, intercepte les chemins, et les habitants des hameaux isolés sont quelquefois des jours entiers sans pouvoir communiquer avec le chef-lieu de la commune.

Le printemps apparaît tardivement, vers le milieu du mois de mai. Le temps est beau du 15 juin aux premiers jours du mois de juillet; arrive alors l'époque des pluies et des orages, qui ne finissent qu'au commencement du mois d'août.

Plus tard, les soirées deviennent froides; et, vers le 15 septembre, la neige commence à blanchir le sommet des pics les plus élevés.

La société qui s'abat sur le Mont Dore se compose donc de deux catégories bien distinctes: celle des malades, celle des touristes.

Les malades affluent depuis le 15 juin jusqu'au 15 septembre. La saison des eaux est de vingt jours; pendant ce court espace de temps, qui ne sera pas des plus agréables si on veut suivre les prescriptions impitoyables mais bienfaisantes du docteur Bertrand, le malade prendra son bain de chaque matin, suivi d'un repos jusqu'à sept ou huit heures; après cela, il ira, armé de son verre, boire aux buvettes de l'établissement thermal, en espaçant par une petite promenade chaque verre d'eau à prendre.

Au Mont Dore ce n'est pas comme à Vichy, où les sources sont à proximité de la rivière, du parc et de jardins nombreux; s'il fait beau, le promeneur n'a que la place du Panthéon et son musée archéologique, qu'il saura bientôt par cœur; s'il pleut, au contraire, la promenade ne sera possible que sous le vestibule des Thermes, mais, comme Argant, le buveur pourra se demander si c'est en long ou en large qu'il doit la faire.

Une course au pic du Capucin et l'indispensable bain de pied de l'après-midi complètent le système hygiénique.

Le touriste, qui n'a d'autres préoccupations que celles de ses plaisirs, arrive généralement au Mont Dore vers le mois de juillet, et repart lorsque les soirées devenues froides rendent le séjour moins agréable.

En somme, malades et touristes forment les éléments d'une société que l'on rencontre dans toutes les localités thermales; société se subdivisant à l'infini, et dont chaque hôtel, nous parlons des plus en vogue (Bellon, Chabory, Bertrand, Cohadon), loge une coterie bien distincte.

Comme dans toutes les villes et tous les villages de bains, on peut voir au Mont Dore, dès le petit jour, un va-et-vient de chaises à porteur allant des hôtels à l'établissement thermal, transportant les baigneurs qui ne peuvent ou ne veulent aller à pied; plus tard, les galeries sont encombrées de baigneurs qui ont pris leur bain ou qui attendent.

A dix heures, le carillon annonce le déjeuner. La conversation est identiquement celle des tables d'hôtes de Vichy, de Bagnères, de Cauterets, d'Aix et des villes maritimes, car le malade peu causeur laisse volontiers la parole à tous ces touristes, qui périraient d'ennui s'il n'allaient parcourir le monde, et qui se retrouvent ainsi fort souvent dans des endroits différents; de là cette uniformité de conversations, nous ne dirons pas causeries, qui, si elles sont bruyantes, ne demandent pas grand effort d'imagination, taillées qu'elles sont sur un invariable modèle.

Après le déjeuner, l'indispensable toilette, et, après la toilette, la grande affaire de la journée, la promenade; ici, on ne manque pas de points à visiter, on n'a que l'embarras du choix, et les chevaux et les ânes, car il faut peu compter sur les voitures, transporteront facilement les touristes au but de leur promenade.

On trouve au Mont Dore des guides d'une politesse exquise, d'un aspect bonhomme, mais dont il faut marchander les services à outrance.

Le voyageur en Auvergne aura du reste su depuis longtemps à quoi s'en tenir sur ces montagnards simples de forme, mais fins, caustiques, railleurs. N'est-ce pas au Mont Dore même que l'on dit à propos de saint Laurent, patron du village : *Quand le bon san Lourans fugué mita grelia, didié bri le bouré, mouchu, me fau vira?* « Quand le bon saint Laurent fut à moitié grillé, il dit au bourreau : Monsieur, il faut me retourner !!! »

On dîne à cinq heures, puis après, réunion dans chaque hôtel, où l'on saute jusqu'à dix heures.

Il y a un salon au-dessus des Thermes, mais il ne sert guère qu'aux lecteurs et à quelques joueurs. Pourquoi n'est-ce pas au Mont Dore comme à Dieppe, comme à Vichy? C'est que les artistes concertants des cafés chantants de Clermont ne parviendront jamais à y attirer la foule des baigneurs. Il faut tout au moins l'archet puissant de Strauss pour donner la vie à ce salon noir et désert.

Et puis, le soir, l'air pur et léger qu'on respire, rafraîchi par la brise et les vapeurs d'eau des cascades et des ruisseaux, les émanations balsamiques des arbres résineux de la forêt et des fleurs de la prairie, valent tous les bals du monde.

Telle est la vie au Mont Dore, où malades et touristes laissent chaque année plus d'un million.

HAGHE. PAINTER. — ENGRAVER

LA GUERRE.

LA GUERRE

Dans le mois de juillet 1584, le duc Alexandre de Parme, commandant général des forces espagnoles, se présenta devant la ville d'Anvers pour en faire le siége. Son corps d'armée, réduit à 12,000 hommes et 1,700 chevaux, ne lui permettait pas une attaque de vive force. Il se décida à investir la place et à l'affamer. Ce projet était gigantesque et rebuta ses plus aventureux officiers. Voyant leur indécision, il tint un conseil, et, interpellant chacun d'eux, il leur demanda si depuis plus de dix ans ils n'avaient pas tous fait preuve des qualités de l'homme de guerre. Mais, s'écria le père Ambrosio, l'un des moines qui accompagnaient l'armée, nous sommes avant tout soldats de Dieu, et Dieu ne veut pas l'impossible. A quoi, du reste, pouvons-nous vous servir dans cette entreprise? — Vous nous donnerez l'absolution de nos péchés, répondit le duc de Parme. — Mais moi je suis vieux, infirme, interrompit don Philippe, l'un des généraux les plus expérimentés. — Eh bien! vous dresserez les cartes et les opérations de guerre; — mais moi, j'ai perdu une jambe, s'écria l'un des officiers; — et moi un bras, s'écria un autre; — et moi un œil, dit un dernier.

A toutes ces réclamations, le duc de Parme répondit à peu près dans le sens de la fable charmante de La Fontaine.

> Le lion dans sa tête avait une entreprise ;
> Il tint conseil de guerre, envoya ses prévôts,
> Fit avertir les animaux ;
> Tous furent du dessein, chacun selon sa guise :
> L'éléphant devait sur son dos
> Porter l'attirail nécessaire
> Et combattre à son ordinaire ;
> L'ours, s'apprêter pour les assauts ;
> Le renard, ménager de secrètes pratiques,
> Et le singe, amuser l'ennemi par ses tours.
> . . . .

Quand il eut ranimé le courage de tous, le duc de Parme s'assit dans un large fauteuil et, caressant son chien favori qui ne le quittait jamais même dans la mêlée, il présida le conseil de guerre.

Ce siége mémorable, qui dura quatorze mois, vit s'accomplir de part et d'autre les plus grands efforts. Le duc de Parme, pour couper l'Escaut par une digue, avait fait construire un pont de 2,400 pieds de long sur un fleuve profond de 60 pieds et de 72 à la marée haute. Ce pont, hérissé de canons, empêchait la flotte hollandaise de ravitailler la ville.

Le 4 avril 1585, le duc de Parme, en inspectant les travaux sur la jetée, fut tout étonné de voir s'avancer au milieu des ténèbres de la nuit trois vastes machines flottantes qui glissaient lentement sur le fleuve. Bientôt une masse de lumière se refléta au loin sur l'Escaut, sur les troupes, les armures, les vaisseaux et les batteries des forts, qu'elle éclaira comme en plein jour. Ces machines incendiaires portaient droit contre l'estacade qui avait coûté dix mois de travail surhumain aux Espagnols. Quelques instants après une terrible explosion se fit entendre; deux des machines avaient éclaté, il ne restait plus de traces de ce pont gigantesque, et le fleuve était couvert de débris. Mille soldats avaient péri, consumés, noyés ou mis en pièces.

Malgré ce succès, la flotte de Zélande ne put venir assez à temps au secours de la ville. Les assiégés tentèrent, mais en vain, de couper les digues pour ensevelir l'ennemi dans les eaux: l'audace et le génie conduisaient le duc de Parme, et le 16 août 1585, il fit son entrée dans Anvers. « Je vous avais demandé l'absolution, mon père, dit-il en riant au moine Ambrosio, eh bien! vous nous donnerez un TE DEUM. »

Le lendemain, en effet, un *Te Deum* solennel fut chanté dans la magnifique cathédrale d'Anvers. Pendant ce temps-là le gouverneur de la ville, Philippe de Saint-Aldegonde, vaincu, mais immortalisé par sa belle défense, brisait son épée et demandait pardon à Dieu de n'avoir pas su se faire tuer.

Il faut lire dans Schiller cette belle page de la guerre des Flandres.

D. ROBERTS. R.A. PAINTER.

E. CHALLIS. ENGRAVER.

LE TE DEUM.

G. MANDEVILLE, PARIS.

CHRONIQUE

OCTOBRE

I

CHATEAUX ET RUINES HISTORIQUES DE FRANCE

O débris, ruines de France,
Que notre amour en vain défend !
Séjours de joie ou de souffrance,
Vieux monuments d'un peuple enfant !
Restes, sur qui le temps s'avance,
De l'Armorique à la Provence,
Vous que l'honneur eut pour abri !
Arceaux tombés ! voûtes brisées !
Vestiges des races passées !
Lit sacré d'un fleuve tari !

Oui, je crois, quand je vous contemple,
Des héros entendre l'adieu ;
Souvent dans les débris du temple
Brille comme un rayon de Dieu.
Mes pas errants cherchent la trace
De ces fiers guerriers dont l'audace
Faisait un trône d'un pavois ;
Je demande, oubliant les heures,
Au vieil écho de leurs demeures,
Ce qui lui reste de leur voix.

Aujourd'hui, parmi les cascades,
Sous le dôme des bois touffus,
Les piliers, les sveltes arcades,
Hélas! penchent leurs fronts confus;
Les forteresses écroulées,
Par la chèvre errante foulées,
Courbent leurs têtes de granit,
Restes qu'on aime et qu'on vénère!
L'aigle à leurs tours suspend son aire,
L'hirondelle y cache son nid.

S'INSPIRANT de ces belles strophes de Victor Hugo, M. Alexandre de Lavergne a retracé avec un rare talent, dans un beau volume illustré par le crayon d'un artiste éminent, M. Théodore Frère, les souvenirs de toute espèce qui se rattachent aux palais de nos rois, aux châteaux et aux monastères même qui ont souvent abrité leurs têtes.

On s'étonnera peut-être qu'un ouvrage qui porte pour titre : *Châteaux et ruines historiques de France* [1], ne contienne pas une ligne sur Fontainebleau, Versailles, Saint-Germain, Saint-Cloud, Meudon, Compiègne, Eu, le Louvre, les Tuileries et tant d'autres palais qui ont joué un si grand rôle dans nos annales; mais, ainsi que l'a dit avec raison l'auteur, dans la remarquable préface de son livre, il fallait d'abord déblayer le terrain avant de songer aux constructions puissantes qui ont su braver les outrages des ans, et dont la masse imposante et encore intacte fait l'admiration des contemporains.

Des dix-huit études dont se compose le travail de M. Alexandre de Lavergne, il n'en est pas une seule où les plus grands souvenirs de notre histoire ne se trouvent évoqués à chaque instant et où l'on ne voie apparaître les personnes royales à une époque où le mot célèbre de Louis XIV : L'ÉTAT C'EST MOI, avait presque la valeur d'un axiome. Pour éviter l'uniformité, l'auteur a semé ses récits au hasard, comme un jeu de cartes, sans s'inquiéter de l'ordre dans lequel ils allaient être placés.

Que si l'on voulait résumer par quelques noms seulement l'histoire des dix-huit palais, châteaux ou monastères que M. Alexandre de Lavergne a fait revivre dans ses pages pleines de mouvement et de couleur, tels qu'ils étaient aux anciens jours, voici ce qu'on trouverait :

Pour CHELLES, la puissante abbaye, deux reines et une fille de France, Frédégonde et Bathilde, puis Louis d'Orléans, sans compter même un empereur, et quel empereur! Charlemagne.

[1] Un volume grand in-8°, illustré par Théodore Frère, — Charles Warée, éditeur, rue Richelieu, 45 *bis*.

Pour JUMIÉGES, le savant monastère, Guillaume Longue-Épée, duc de Normandie, Édouard le Confesseur, roi d'Angleterre, Charles VII, roi de France.

Pour CHINON, sombre donjon royal, Henri II, roi d'Angleterre et ses quatre fils ingrats, Charles VII et la Pucelle, Louis XI et l'un de ses héritiers les plus directs, bien que non issu comme lui du sang royal, le terrible cardinal de Richelieu.

Pour LOCHES, à la fois palais et prison, Charles VII et Agnès Sorel, Louis XII et Anne de Bretagne, c'est-à-dire des amours royales; puis le cardinal de la Balue, Charles de Melun, Ludovic Sforce, c'est-à-dire des cages de fer, des tortures et des exécutions à mort.

Pour BLANDY, l'un des plus inexpugnables châteaux forts de la Brie, le comte de Dunois, la belle Marie de Clèves et la triste dynastie des comtes de Bourbon-Soissons.

Pour AMBOISE, château royal, Charles VIII, François Ier, Louis XII, tous nos rois, enfin jusqu'au commencement du dix-septième siècle.

Pour le CHATEAU DE L'ÉVÊQUE, le duc de Bedford, comme jadis Attila, devenu un moment le ministre des vengeances divines.

Pour CHANTILLY, manoir féodal du premier baron chrétien, les Montmorency et les Condé, c'est-à-dire et à la fois, pour les uns comme pour les autres, la gloire et le malheur.

Pour CHAMBORD, château royal aussi, François Ier et la duchesse d'Étampes, Louis XIV et la duchesse de La Vallière.

Pour CHENONCEAUX, Diane de Poitiers, Catherine de Médicis, Marguerite de Valois, Marie Stuart, tout ce qui a brillé, enfin, par l'esprit et la beauté, durant le seizième siècle.

Pour ANET, Diane de Poitiers, encore, et toute la dynastie des ducs de Vendôme, ces rejetons des amours du Béarnais et de la charmante Gabrielle.

Pour GAILLON, les cardinaux d'Amboise et de Bourbon, l'un qui faillit devenir pape, l'autre qui faillit devenir roi.

Pour MARLY, ce magnifique palais, dont il reste à peine quelques vestiges, Louis XIV et les deux anges gardiens de sa triste vieillesse, madame de Maintenon et la duchesse de Bourgogne.

Pour l'abbaye de Port-Royal des Champs, Arnauld, Blaise Pascal, Jean Racine, les gloires les plus pures du dix-septième siècle.

Pour le château de Sceaux, dont il ne reste pas plus de vestiges que du palais de Marly, Colbert et la duchesse du Maine, un grand ministre et une grande ambitieuse.

Pour Chanteloup, qui n'existe plus que par sa pagode, la princesse des Ursins et le duc de Choiseul, une camarera mayor et un premier ministre.

Pour Choisy-le-Roi, Mademoiselle, la grande Mademoiselle, l'épouse du beau duc de Lauzun, puis Louis XV et madame de Pompadour, c'est-à-dire une double dérogation.

Pour Malmaison, enfin, Napoléon et Joséphine, encore et plus que jamais, la gloire et le malheur.

Par ce rapide aperçu on voit sur quel terrain riche et fécond l'auteur s'est placé, non-seulement pour écrire un beau et bon livre, mais encore pour faire preuve une fois de plus des merveilleuses ressources de son esprit.

Nous emprunterons à ce précieux écrin, pour nos chroniques de novembre et de décembre, l'une de ses perles les plus fines : Marly.

W. BIRD, R.A. PAINTER. J. GREATBACH, ENGRAVER.

LA MONTRE EN LOTERIE.

E. MANDEVILLE, PARIS

LA JEUNE MALADE

Sur les bords verdoyants de la Charente, à une très-courte distance d'Angoulême, quelques maisons blanches s'éparpillent çà et là, ayant toutes à leurs portes des touffes de chèvrefeuille. Ce petit village est, durant la belle saison d'été, une délicieuse retraite où l'on trouve l'ombre et le silence. Un dimanche du mois d'août 1850, j'entrais dans l'une de ces riantes demeures, et, au lieu de la joie qui devait y habiter, je n'y rencontrais que des larmes. Appuyée sur l'épaule de sa bonne mère, mademoiselle Marie de L..., fille d'un des amis de mon père, que j'avais vue, l'année précédente, toute belle de jeunesse et de santé, dépérissait sous l'influence d'un mal inconnu. Son regard fixe semblait interroger le ciel dont la nappe bleue se dessinait à travers la fenêtre ouverte. Sa main fébrile prenait et reprenait sans cesse une grosse montre d'argent dont l'heure était arrêtée à midi. — Midi ! disait-elle d'une voix impatiente. Quand donc sonnera midi; ah ! Charles, mon Charles ! tu oublies ta promesse, tu ne veux donc apporter ma couronne de fiancée que sur un cercueil. — Pauvre enfant! murmura sa mère, pauvre enfant! — Chère Marie, reprit son père d'une voix étouffée par les sanglots, espère en Dieu, et trouve avec moi, dans la lecture de l'*Imitation de Jésus-Christ*, la force qui te manque pour supporter la douleur. A ces paroles, Marie releva sa tête inclinée, et adressant un tendre regard à son père : — Après midi, lui dit-elle avec un mélancolique sourire, je serai plus calme, vous le savez bien, plus résignée. — Comme elle parlait encore, le premier coup de midi se fit entendre à l'église du village. Toute tremblante, la jeune fille se leva et faisant le signe de la croix : — O mon Dieu ! s'écria-t-elle, voilà trois ans que chaque jour, à la même heure, heure fatale de son départ ! je l'attends; s'il n'arrive que demain, je le sens, il sera trop tard ! je serai dans mon linceul. — Le douzième coup de midi résonna; la main placée sur la montre d'argent, Marie retomba sur son fauteuil, haletante et presque sans vie. Sa mère l'emporta dans ses bras.

— Vous le voyez, me dit M. de L..., la joie de notre maison, notre fille bien-aimée se meurt, et tous nos soins, tout notre amour ne peuvent lutter contre le mal qui la conduit au tombeau. Vous avez connu Charles R..., ce brillant officier d'artillerie, dont le château est voisin de notre maison; nous le rencontrâmes, il y a quatre ans, à la fête du village. Le père Michaud, l'aubergiste de la grande route de Bordeaux, avait mis sa montre en loterie pour venir en aide à une pauvre famille. Charles avait pris un billet, et ayant gagné la montre, il eut l'idée, afin d'ajouter à l'œuvre de bienfaisance, de vendre son lot sur la place de la fête au plus offrant. Ma fille se présenta, et, sachant le but de cette vente, elle acheta la montre deux fois plus qu'elle ne valait et augmenta ainsi l'offrande destinée à l'infortune. Que vous dirai-je? Charles et Marie, liés par une bonne action le premier jour de leur entrevue, se virent et s'aimèrent sous nos yeux. Le père de Charles ne mit qu'une condition à leur alliance. — Tu ne te marieras, dit-il à son fils, que lorsque tu seras revenu d'Afrique avec l'épaulette de capitaine. — Charles est parti il y a trois ans pour gagner cette épaulette ; et il ne reviendra plus, ajouta tristement le pauvre père : tombé frappé de deux balles sur le champ de bataille, son corps a été enlevé par les Kabyles. Toutes les nouvelles que nous avons reçues depuis 1849 jusqu'à ce jour confirment sa mort. Nous avons dû cacher cette affreuse vérité à notre fille, et, pour épargner sa vie, nous avons fait un mensonge, bien coupable peut-être, car nous avons brisé son cœur, nous lui avons dit que Charles avait oublié ses serments!

Le lendemain, j'allais quitter le village, et j'attendais sur le seuil de l'auberge du père Michaud la diligence qui conduit à Angoulême, lorsque j'entendis sonner la cloche des agonisants. Ah! fit le père Michaud, interpellant des rouliers qui buvaient attablés, tas de brigands que nous sommes! ne vaudrait-il pas mieux que cette cloche sonnât pour nous autres plutôt que pour cet ange qui va retourner au ciel, mademoiselle Marie de L...! — A ce moment, un officier, coiffé du képi africain, tout couvert de poussière, le visage brûlé par le soleil, arrêta son cheval baigné de sueur devant la porte de l'auberge. M. de L..., demanda-t-il d'une voix brève, habite toujours le village? Oui, mon capitaine, répondit le père Michaud en faisant le salut militaire ; et sa fille se meurt! — Sans en entendre davantage, sans prononcer une parole, l'officier s'éloigna au triple galop. Quelques minutes après il atteignait la demeure de M. de L... Comme il entrait dans la chambre où j'avais vu la veille la jeune malade, midi sonnait. — Charles! appela faiblement Marie qui était étendue sur son fauteuil! Charles, je t'attends! — Me voilà, chère et adorée Marie! s'écria le capitaine R..., en s'agenouillant à ses pieds. — A cette voix aimée, la jeune fille poussa un faible cri, cri de bonheur, qui devait la rendre à la vie ; car, n'en déplaise à madame DE GIRARDIN, LA JOIE FAIT VIVRE, LA JOIE NE TUE PAS!

CHRONIQUE

NOVEMBRE

II

CHATEAUX ET RUINES HISTORIQUES DE FRANCE[1]

MARLY

I

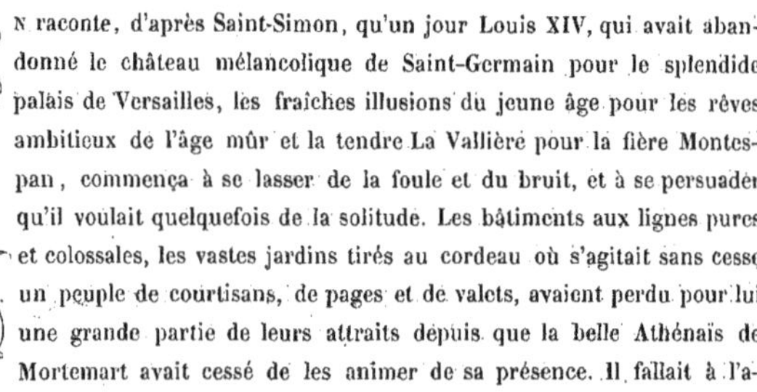

On raconte, d'après Saint-Simon, qu'un jour Louis XIV, qui avait abandonné le château mélancolique de Saint-Germain pour le splendide palais de Versailles, les fraîches illusions du jeune âge pour les rêves ambitieux de l'âge mûr et la tendre La Vallière pour la fière Montespan, commença à se lasser de la foule et du bruit, et à se persuader qu'il voulait quelquefois de la solitude. Les bâtiments aux lignes pures et colossales, les vastes jardins tirés au cordeau où s'agitait sans cesse un peuple de courtisans, de pages et de valets, avaient perdu pour lui une grande partie de leurs attraits depuis que la belle Athénaïs de Mortemart avait cessé de les animer de sa présence. Il fallait à l'amant de madame de Maintenon un horizon plus resserré où le jour moins éclatant pût dissimuler les rides, des retraites plus mystérieuses dont un petit nombre d'élus eût seul le droit d'approcher.

Le jour où pour la première fois le roi s'éveilla, l'esprit rempli de ces pensées, la fierté habituelle de son front fut tempérée par une légère teinte de tristesse. Ce jour-là la chasse aux cerfs fut contremandée, et, contre sa coutume, Louis XIV monta seul dans son carrosse, sans convier à l'accompagner une seule de ces belles dames demeurées jusqu'à la fin de sa vie son escorte ordinaire. Suivi de quelques-uns de ses familiers, il partit, après avoir donné l'ordre de

[1] Un volume grand in-8°, illustré par Théodore Frère, — Charles Warée, éditeur, rue Richelieu, 45 *bis*.

diriger la promenade du côté le plus solitaire des environs de Paris. Le carrosse s'arrêta sur les riants coteaux de Luciennes et le roi mit pied à terre. L'un de ses courtisans, instruit sans doute du but de cette promenade, s'approcha de lui : « Sire, lui dit-il respectueusement, Votre Majesté ne saurait choisir un site plus agréable pour y faire bâtir un palais. »

— Il est vrai, répondit le roi ; mais ce n'est pas là ce qu'il me faut. J'ai déjà trop dépensé en bâtiments ; et il y aurait dans cette heureuse situation de quoi me ruiner. Avançons, messieurs. Voyez-vous d'ici ce vallon avec ce petit village sur le penchant de la colline ? Écoutez... Quel silence ! comme la vie doit s'écouler ici avec calme ! Je sens que ce lieu me plairait. »

En ce moment le soleil, qui s'était caché derrière un nuage, illumina de tout l'éclat de ses rayons l'humble cimetière du hameau dont quelques pierres tumulaires et quelques croix noires éparses çà et là et tranchant sur les verts gazons révélaient l'emplacement. A cette vue, le roi inclina la tête et tomba dans une profonde rêverie. — Était-ce un présage d'en haut qui lui annonçait qu'un jour, dans ce même lieu, témoin de tous les désastres qui épouvantèrent la fin de son règne, il verrait sécher et tomber un à un les rameaux de sa royale postérité, vieillard condamné à ensevelir sa race ?

Le silence causé par cet incident aurait peut-être duré longtemps encore si l'un des seigneurs de la suite, plus hardi que les autres, ne l'eût interrompu pour chercher à dissuader le roi d'un projet qui semblait, au reste, encore peu arrêté.

« Sire, dit ce seigneur, Votre Majesté n'a pas remarqué, sans doute, combien ce vallon est étroit et sans vue, à cause de toutes les collines qui l'entourent. Les abords en sont si escarpés et si marécageux qu'il sera difficile d'y parvenir.

— C'est justement ce qui fait son mérite, reprit vivement Louis XIV : je veux un endroit où il ne soit possible de bâtir qu'un simple ermitage où je viendrai quelquefois oublier le monde et la cour. Un *rien* me suffit. Comment nomme-t-on ce village ? — Sire, Marly.

— Eh bien, messieurs, nous viendrons deux ou trois fois l'année faire une retraite à Marly pour expier nos péchés. »

Le soir même, en rentrant de sa promenade, le roi envoya chercher Mansard et lui ordonna de se mettre immédiatement à l'œuvre pour construire son ermitage.

Cet ermitage, ce *rien*, coûta plus d'un milliard. Un milliard pour embellir ce que Saint-Simon appelle, dans son langage énergique, « un repaire de serpents, de crapauds et de grenouilles, » réceptacle de toutes les voiries des environs ! C'est beaucoup, en vérité ; toutefois, n'en déplaise au fier gentilhomme, qui probablement avait eu à supporter à Marly quelque royale rebuffade, il est fort douteux que les monceaux d'or dépensés par Louis XIV dans ce cloaque, eussent pu en faire l'un des sites les plus pittoresques des environs de Paris si la nature ne fût venue en aide au grand roi. Saint-Simon, qui voyait représenter les opéras de Quinault, ne s'est pas aperçu dans cette occasion qu'il attribuait à Louis XIV la prestigieuse baguette d'Armide.

Lorsque après avoir gravi la côte de Marly entre cette rangée d'ormes séculaires, magnifique avenue qui a vu passer tant d'illustrations du grand siècle, dans leurs carrosses étincelants de dorures, et où les pavés, aujourd'hui, disparaissent sous l'herbe, vous vous trouvez en face du bel abreuvoir de marbre, seule ruine assez complète pour laisser deviner la splendeur de ce qui n'est plus; vous pouvez, si la fantaisie vous en prend, reconstruire en imagination le triangle équilatéral dont cette ruine est le sommet. A gauche, la route de Versailles; à droite, le bourg de Marly, prolongé jusqu'au Belvédère; enfin, la base du triangle est bornée par cette belle forêt de Marly, expédiée un matin de Compiègne, il y a cent cinquante ans, toute grande, toute fraîche et toute venue comme quelque forêt enchantée de l'Arioste et du Tasse. Devant vous, en ligne droite, relevez les hautes terrasses; de distance en distance, placez des eaux jaillissantes; puis, comme une double haie de gardes, les douze pavillons devant lesquels il faut passer pour arriver au pavillon du roi. Au delà, n'oubliez pas la grande gerbe dont les jets atteignent cent seize pieds de hauteur, et la rivière incessamment alimentée par les monstrueux réservoirs. Au centre du triangle, à droite et à gauche du grand pavillon royal, reconstruisez les salles des Cent-Suisses et des gardes de la porte, les offices, les cuisines; sur les côtés, alignez de nouveau les longues allées jumelles des ifs et des boules où Louis XIV aimait à se promener; entremêlez le tout de statues, de bassins, de parterres, de cascades : voilà Marly tel qu'il était au commencement du dix-huitième siècle.

Marly, — Saint-Simon nous l'a dit, — c'est le séjour adopté par le grand roi dans sa vieillesse; c'est le théâtre où se passe le dernier acte de cette longue et brillante trilogie commencée à Saint-Germain aux derniers retentissements de la Fronde, continuée si fièrement au milieu des pompes de Versailles et qui doit se dénouer d'une manière si lugubre dans cet étroit séjour. A Marly, Louis XIV cesse de trôner; à Marly, Louis XIV souffre qu'on oublie jusqu'à un certain point les règles sévères de l'étiquette, la seule science peut-être dont il ait retenu quelque chose, tant la reine, sa mère, a pris soin de la lui inculquer; à Marly, les femmes sont dispensées du grand habit de cour, et, à la promenade, les hommes peuvent se couvrir la tête en accompagnant le roi. Dans cette résidence fortunée, Louis XIV admet que l'influence du soleil puisse être pernicieuse aux cerveaux de ses courtisans; qui sait s'il ne souffrirait pas que son cocher le fît attendre une seconde?

Aussi, quel honneur pour un courtisan d'être *des Marlys* de Sa Majesté! Il n'y a guère que le collier de l'ordre et le bougeoir qui soient au-dessus d'une telle faveur. Il semble que n'ayant pas assez de cordons et de charges à distribuer, Louis XIV ait inventé les voyages de Marly pour y suppléer. Il faut être de la première noblesse de France, ou bien avant dans les bonnes grâces de mademoiselle Balbien, ex-servante de la veuve Scarron, pour aspirer à faire partie du petit cercle d'élus appelés à voir le roi face à face du matin au soir, trois ou quatre jours durant. Que de femmes titrées se sont présentées toute leur vie sans obtenir cette faveur! Que de bons gentilshommes ont répété en vain le plus humblement du monde, sur le passage de Louis XIV, ces deux mots consacrés : « Sire, Marly... » sans que le grand roi ait daigné souscrire à leur requête! « C'est qu'encore il ne fallait pas se décourager, dit naïvement Saint-Simon, le roi l'eût trouvé mauvais. » Ces derniers mots résument toute l'époque : « Le roi l'eût trouvé mauvais!... » Pauvre noblesse française! Après les échafauds du cardinal de Richelieu, les voyages de Marly! Après la hache du bourreau, le dédain et le mépris du roi!

Une fois admis dans cette bienheureuse enceinte triangulaire, objet de tant d'ambitions, de vœux, d'intrigues, on goûtait les ineffables délices du lansquenet, du mail, de l'escarpolette : et si le grand roi était de belle humeur, on allait avec lui donner à manger aux carpes du grand bassin. Puis, c'étaient pour les dames de continuelles loteries d'étoffes précieuses, d'argenterie et de bijoux. Malheureusement il arrivait souvent qu'un père ou un mari laissait sur le tapis vert quelques milliers de louis en souvenir de son passage à Marly, car le roi aimait qu'on jouât gros jeu. Comment s'empêcher de lui faire ainsi sa cour ? Plus d'une jolie fille de bonne maison est entrée au couvent parce que l'auteur de ses jours n'avait pas été heureux au lansquenet dans quelque soirée à Marly.

(La fin de Marly sera insérée dans la Chronique de Décembre prochain.)

B. WEST, P.R.A. PAINTER. — TAYLOR, ENGRAVER.

L'ORDRE DE LA JARRETIÈRE

H. MANDEVILLE, PARIS

L'ORDRE DE LA JARRETIÈRE

Nous avons déjà dit quelques mots du plus magnifique château de l'Angleterre (Windsor-Castle). La visite que l'empereur Napoléon a faite au mois d'avril dernier à la reine de la Grande-Bretagne ajoute encore aux souvenirs historiques qui remplissent chaque salle de cet antique palais, et donnent en même temps un caractère d'actualité à la description que nous allons faire de l'église collégiale de Saint-Georges, où sont appendus les insignes des chevaliers de l'ordre de la Jarretière. Le dernier de ces trophées porte aujourd'hui le nom immense de Napoléon! Singulier rapprochement qu'ont créé les événements de la première moitié du dix-neuvième siècle! Napoléon a Sainte-Hélène, Napoléon a Windsor.

En entrant dans cette église on est surpris de la grandeur de son architecture. Les vitres de la fenêtre à l'ouest représentent Édouard le Confesseur, Édouard IV, Henri VIII, plusieurs patriarches, les premiers évêques et autres ecclésiastiques. La fenêtre à l'est, dans l'aile du sud, représente l'ange apparaissant aux bergers et leur annonçant la naissance du Sauveur. Dans l'aile du nord on voit l'adoration des Mages sur les vitraux à l'ouest. Tous ces dessins ont été fournis par West et exécutés par Forest. La voûte du comble est supportée par des piliers gothiques, admirables par leur beauté et leur élégance. De magnifiques portes battantes forment l'entrée du chœur.

Le chœur est approprié au service divin et à l'installation des chevaliers de la Jarretière. On y remarque la bannière et les armes de chaque chevalier. Les grands vitraux peints au-dessus de l'autel sont magnifiques et la voûte est riche en ciselures; le pavé est de marbre, et l'on monte à la table de communion par quatre marches. Les stalles des chevaliers sont de chaque côté et celles de la couronne sont sous la galerie de l'orgue, puis celles des souverains étrangers, membres de l'ordre, viennent après suivant la date de leur nomination. Chaque stalle est ornée de la bannière et des armes du chevalier auquel elle appartient, et sur le dossier du siége est fixée une plaque de cuivre indiquant ses noms et titres; mais celle du souverain régnant est distinguée par un dais et des rideaux de velours cramoisi, ornés de franges d'or.

Quand on se rappelle que cet ordre de chevalerie, si recherché par toutes les têtes couronnées, eut pour origine la jarretière dénouée de la belle comtesse de Salisbury, on est tenté de se livrer à une foule de réflexions plus ou moins philosophiques sur les petites causes qui engendrent de grands effets. Mais en se plaçant sur ce terrain, il faudrait avoir pour un instant à sa disposition la plume de Sterne ou de Montaigne; or, cette plume-là nous faisant défaut, nous nous bornons à mentionner la galanterie royale qui a donné lieu à l'institution de l'Ordre de la Jarretière.

En 1350, Édouard III donnait un bal. Au milieu du tumulte inséparable de toute grande fête, le monarque fut aperçu par un de ses courtisans aux pieds de la belle comtesse de Salisbury, dont il tenait en main la jarretière. Cette jarretière avait-elle été dénouée par le roi, ou bien avait-elle glissé d'elle-même à terre? C'est ce que la chronique du temps ne dit pas. Toujours est-il qu'Édouard se retourna vers le courtisan témoin de l'aventure, et montrant à tous la précieuse jarretière, il s'écria : *Honni soit qui mal y pense!*

Quelque temps après le roi institua l'ordre de la Jarretière et procéda lui-même à son installation dans l'église de Windsor, en présence de la reine, de plusieurs princes étrangers et de toute sa cour. Grand-Maître de l'ordre, il créa trois officiers et vingt-cinq chevaliers. Les armes se composaient et se composent encore aujourd'hui d'une croix rouge avec la Jarretière à l'entour, et d'une étoile brillante en diamants. Les habits de cérémonie sont la robe et le manteau de velours bleu avec le bonnet ou le chapeau de velours noir.

Dans une chronique du temps de Henri III, roi de France, nous lisons que ce prince, d'assez fantasque humeur, comme chacun sait, s'emporta un jour contre l'un de ses mignons, qui portait un ruban de l'ordre de la Jarretière. — Je ne permettrai jamais que l'un de mes sujets, s'écria Sa Majesté, se décore d'un insigne que n'a pas le roi. — Eh! sire, répondit en riant le favori, *c'est la jarretière de la mariée* que je porte suivant l'usage antique de notre province de Gascogne, et ce ruban-là m'arrive tout droit de Lot-et-Garonne, enveloppé dans un pli parfumé aux armes de ma cousine. — Le roi, qui n'aimait pas la plaisanterie, pinça énergiquement l'oreille de son mignon et jeta le malencontreux ruban par l'une des fenêtres du Louvre.

SIR A.W. CALLCOTT, R.A. PAINTER. J. C. BENTLEY ENGRAVER.

LA MER.

H. MANDEVILLE, PARIS

LA MER.

Il n'y a pas un poëte qui n'ait fait une description de la mer; la mer partage avec la lune les honneurs de toutes les improvisations de voyage ou de sentiment. » Ainsi parlait un riche boutiquier de Paris qui, assis à côté de moi sur l'un des bancs de la jetée du port de Boulogne, aspirait à pleine poitrine la brise du soir. — Et les poëtes n'ont-ils pas raison? répondis-je. — C'est possible, reprit mon interlocuteur; quant à moi, je vous confesserai franchement mon infirmité; je n'aime la mer que pour les poissons et les huîtres, les huîtres surtout qu'elle nous livre. J'ai vu jouer dix fois le *Voyage à Dieppe*, et, malgré le ridicule que l'on déverse sur le pauvre M. d'Herbelin, ce digne bourgeois de la rue Charlot, la vue de la mer me fait penser, rêver, à quoi?... aux huîtres; à ces fines huîtres d'Ostende que l'on déguste au café de Paris, à ces huîtres délicates de Marennes, que les frères Provençaux ont seuls l'art de vous servir; à ces huîtres de Cancale, que le chef de M. Rothschild apprête avec tant de soin; à ces larges et bonnes grosses huîtres de la rue Montorgueil, que chacun peut dévorer dans les restaurants à trente-deux sous. — Je comprends votre infirmité, interrompis-je en souriant, et je la partage. — Eh bien! frère, me dit avec un épanouissement complet le boutiquier, je me suis donné une vacance de huit jours pleins. Ma femme, madame Didier, est là-bas, sur le boulevard des Italiens, qui fait l'article et vend beaucoup mieux que moi, toute la précieuse ébénisterie de Tahan; partons, si vous m'en croyez, pour Ostende. A Boulogne, les huîtres sont plus qu'ordinaires; à Ostende, elles sont dignes du palais d'un roi. — Et, ouvrant une large bouche, mon compatriote se complut à cet affligeant jeu de mots.

Grâce à la vapeur du railway, nous étions le lendemain à Ostende. — Des huîtres! des huîtres! demanda avec impatience notre amateur. — Des huîtres, *s'il vous plaît*, répondit le garçon de l'hôtel où nous étions entrés, et il nous apporta des serviettes, du beurre, des petits pains frais. — Après cinq minutes de la plus anxieuse attente: — Des huîtres! cria mon ami de la veille. Et le garçon reparut les mains vides : *S'il vous plaît*, dit-il avec son tranquille accent flamand; *s'il vous plaît?*

— Comment, s'il vous plaît; mais il me plaît énormément de manger des huîtres puisque je t'en demande, malheureux! interrompit énergiquement le boutiquier. — Cinq autres minutes s'écoulèrent encore. Pendant ce temps-là mon ami Didier frappait à coups redoublés avec un couteau sur la table et lançait en l'air les ronds de beurre que l'on avait servis devant nous. Le garçon reparut avec son éternel *s'il vous plaît!* — Misérable, s'écria Didier au comble de la fureur, est-ce que tu aurais l'intention de nous faire poser? Oublies-tu donc que les Français ont pris Anvers en 1830, et que Napoléon le Grand a été le bienfaiteur de la Belgique! — A ces paroles le garçon baissa les yeux, et, ne comprenant rien à l'irritation du bourgeois de Paris, il murmura un honteux *s'il vous plaît*. — C'en était trop! l'ami Didier jeta à la tête du garçon une pile de serviettes qui se trouvaient sous sa main, et, m'entraînant avec lui hors de l'hôtel, il marcha à grands pas du côté du port. — Où mange-t-on de bonnes huîtres ici? demanda-t-il à un capitaine d'un brick français.

— Toutes les huîtres d'Ostende sont parties ce matin pour Bruxelles et Paris. Il faut attendre jusqu'à demain si vous voulez manger quelque chose de bon, répondit le marin. — Merci, s'écria Didier, partons immédiatement pour Bruxelles, et vite, vite, au chemin de fer. — Cette rage gastronomique de mon compagnon de voyage m'amusait fort; je pris donc le parti de le suivre dans cette chasse aux huîtres.

Arrivés à Bruxelles, nous entrons dans l'un des plus magnifiques hôtels du quartier du Parc. Des garçons de noir habillés vont et viennent en tout sens. Le service de la maison a l'air d'être fait avec une grande somptuosité. Mon ami Didier se frotte les mains, attache sa serviette à son cou avec deux grandes épingles d'or qu'il extrait d'une petite boîte enfouie dans la poche de son gilet. — Des huîtres, des huîtres d'Ostende! demanda-t-il comme un homme sûr d'être obéi. — Pendant ce temps-là je contemple une belle marine de Callcott, qui représente une grève hollandaise et des bourgeois causant avec des pêcheurs. — Vous regardez ces tableaux? me dit le boutiquier. Ah! vous n'avez pas de cœur, vous n'êtes pas dans la situation. — Mais au contraire, mon cher Didier, je suis parfaitement dans la situation; la scène que je contemple, a infiniment de rapport avec notre position. Ce sont des bourgeois de 1625 qui attendent des huîtres. — Et les huîtres leur arrivent-elles? interrompt avec impatience Didier. — Mais pas extrêmement vite; on leur répond que le roi Louis XIII a fait une commande tellement énorme qu'Ostende se trouvera dépourvue d'huîtres pour vingt-quatre heures.

A ce moment parut un maître d'hôtel au visage austère. — Messieurs, dit-il en s'adressant à nous avec une exquise urbanité, nous n'avons plus d'huîtres d'Ostende; l'exposition universelle de Paris nous en mange beaucoup et une dépêche électrique en demande encore plus d'un million de douzaines pour demain. — Juste comme les bourgeois de 1625, s'écrie Didier rouge de colère; allez, monsieur, continua-t-il avec indignation; décrochez votre tableau, on ne joue pas avec l'estomac des honnêtes gens! — Et maintenant, me dit-il, allons à Cancale. — Non, mais à Paris, mon cher Didier, le train du chemin de fer part dans une heure; nous souperons au Café anglais et nous mangerons des huîtres d'Ostende, de Marennes, de Cancale, toutes les huîtres enfin des pays connus et inconnus. — Adopté, s'écria le boutiquier avec une bruyante exclamation, et à une heure du matin j'irai frapper aux volets de madame Didier.

CHRONIQUE

DÉCEMBRE

III

CHATEAUX ET RUINES HISTORIQUES DE FRANCE[1]

MARLY

II

C'est à Marly que s'est réalisée cette inconcevable alliance d'une jeune princesse de vingt ans, pleine de gaieté, de caprice et d'étourderie, avec une favorite sexagénaire, pleine d'austérité et de dévotion : l'une vêtue de blanc et des fleurs dans ses cheveux, l'autre incessamment cachée sous de longs voiles noirs; l'une fredonnant des chants joyeux, l'autre murmurant tout bas des prières; toutes deux réunies dans un même but : celui de rendre plus léger à un roi fatigué de toutes les grandeurs humaines le poids d'une existence vide et désolée sur sa fin par tant de revers.

Durant trois lustres entiers, de 1697 à 1712, Louis XIV s'est promené dans ses jardins de Marly entre ces deux femmes, la première l'entretenant de fêtes et de plaisirs, la seconde du salut de son âme, jusqu'à ce qu'un jour on n'en vît plus qu'une seule à ses côtés. De ces deux anges gardiens de sa triste vieillesse, celui dont la voix était si douce et si pure, dont le visage était toujours animé d'un frais sourire, celui-là s'était envolé inopinément vers le ciel dont il ne parlait jamais; l'autre, qui en parlait toujours, était resté sur la terre, sans doute pour aider le roi à mourir. A partir de ce jour, on n'entendit plus retentir sous les ombrages de Marly que la voix qui murmurait des prières.

Mme de Maintenon et Mme la duchesse de Bourgogne, voilà la reine et l'infante qui ont simul-

[1] Un volume grand in-8°, par Alexandre de Lavergne. — Illustrations par Théodore Frère, — Charles Warée, éditeur.

tanément régné à Marly. Il faut lire dans Saint-Simon le détail de ces curieuses promenades où la favorite, dans sa chaise à porteurs, environnée de toutes les filles du roi qui la suivent à pied, convie du geste à travers sa glace la jeune dauphine à venir s'asseoir sur l'un des bâtons de sa chaise, pendant que Louis XIV, la tête découverte, lui explique avec galanterie la composition des groupes de la nouvelle fontaine.

Jamais, si ce n'est une fois au camp de Compiègne, le roi ne montra un respect plus marqué pour Mme de Maintenon. « Il aurait été cent fois plus librement avec la reine, » s'écrie ingénument Saint-Simon, qui ne peut lui pardonner ces façons d'agir envers la veuve du poëte Scarron.

Il est vrai qu'en revanche Louis XIV n'eût pas plus pardonné à Mme de Maintenon qu'à la duchesse de Bourgogne de manquer un seul des voyages de Marly, dans quelque état qu'elles se trouvassent l'une et l'autre.

Qui ne se souvient de ce despotisme domestique qui, au mépris des représentations du vieux Fagon, imposa à la *pauvre Duchesse,* au commencement d'une grossesse des plus pénibles, l'obligation de suivre la cour à Marly? Elle faillit en perdre la vie. On sait la réponse que fit le roi en apprenant cette terrible nouvelle.

« Eh! quand cela serait, que me ferait cela? n'a-t-elle pas déjà un fils? »

Cette réponse fut faite devant le bassin aux Carpes, entre le château et la perspective, et il faut croire, pour l'honneur du grand roi, qu'elle ne partait point de son cœur.

Louis XIV, qui à Versailles savait cacher tous les mouvements de son âme sous une auréole de majesté, n'était plus le même homme à Marly. Là, il respirait à l'aise; il dépouillait toute contrainte, toute dignité même, témoin ce certain jour où il fit si bien les honneurs de ses jardins à Samuel Bernard, que le traitant roturier n'eut plus rien à refuser à l'emprunteur royal.

Là il se plaisait parfois à imiter les façons bourgeoises de son aïeul Henri IV et à vider gaiement son verre, en frappant sur son assiette comme au cabaret. Il est vrai que c'était le jour des Rois et qu'on mettait en terre un de ses ministres : double sujet d'allégresse!

Hâtez-vous, sire, de dépenser de la joie : voici que l'horizon radieux de votre règne s'obscurcit. Bientôt vous ne viendrez plus à Marly que pour y cacher vos soucis en apprenant la défaite de vos armées. Marchin, La Feuillade, Villeroy assiégeront incessamment votre chevet en murmurant à vos oreilles le nom des batailles qu'ils auront perdues. Puis un jour viendra où, non content d'avoir confondu votre cœur de roi, le ciel brisera votre cœur de père. Alors le château royal de Marly rendra un grand témoignage aux siècles à venir : il aura vu pleurer Louis XIV!

A deux années de distance l'une de l'autre, les ducs de Bourgogne et de Berri sont morts à Marly, tous deux à la fleur de leur âge et d'un mal inconnu.

Deux fois le roi septuagénaire a entendu à son réveil des sanglots s'échapper du petit salon placé entre son appartement et celui de Mme de Maintenon. Deux fois les portes de sa chambre se sont ouvertes avec une lugubre solennité, et la favorite est apparue la première à son lever.

Cette visite matinale signifiait : « Sire, votre petit-fils est mort cette nuit. » Sans doute alors Louis XIV se souvint que sur l'emplacement du château de Marly, il avait vu des croix noires et des pierres tumulaires. Il continua pourtant d'y venir jusqu'à la fin de ses jours; mais ses successeurs craignirent peut-être d'y rencontrer l'ombre de leur aïeul, car ils abandonnèrent une résidence à laquelle s'attachaient de si tristes souvenirs.

Aujourd'hui que toutes les merveilles de l'art, accumulées dans ce lieu de délices, sont tombées sous le marteau des démolisseurs; aujourd'hui que le soc de la charrue a labouré tous ces riches parterres si savamment dessinés; aujourd'hui que les fleurs et les plantes les plus précieuses des quatre parties du monde ont fait place à la ronce et à l'ivraie; aujourd'hui qu'il reste à peine quelques rares vestiges, quelques pierres isolées de ce que les contemporains du grand roi appelaient « sa charmante et magnifique maison royale de Marly, » il est doux encore de parcourir ces bois, ces vignes, ces prairies auxquels les mille accidents du terrain prêtent tant de charmes.

Par une belle matinée de printemps, couché à l'ombre de ces portiques vermoulus, encore surmontés du royal écusson de France, si vous avez promené vos regards sur ce riant paysage au bas duquel la Seine s'étend comme un ruban argenté à travers les prés émaillés de fleurs, il vous est arrivé sans doute de souhaiter, vous aussi, d'avoir là votre dernier ermitage. »

. . . .

— Le passage suivant, extrait des Mémoires du duc de Saint-Simon, vient à l'appui du charmant récit de M. Alexandre de Lavergne.

« Un jour, le roi Louis XIV, lassé du beau et de la foule, se persuada qu'il voulait quelquefois du petit et de la solitude. Il chercha autour de Versailles de quoi satisfaire ce nouveau goût. Il visita plusieurs endroits, il parcourut les coteaux qui découvrent Saint-Germain et cette vaste plaine qui est au bas, où la Seine serpente et arrose tant de gros lieux et de richesses en quittant Paris. On le pressa de s'arrêter à Luciennes où Cavoye eut depuis une maison dont la vue est enchantée; mais il répondit que cette heureuse situation le ruinerait, et que, comme il voulait *un rien*, il voulait aussi une situation qui ne lui permît pas de songer à y rien faire.

« Il trouva derrière Lucienne un vallon étroit, profond, à bords escarpés, inaccessible par ses marécages, sans aucune vue, enfermé de collines de toutes parts, extrêmement à l'étroit, avec un méchant village sur le penchant d'une de ces collines qui s'appelait Marly. Cette clôture sans vue, ni moyen d'en avoir, fit tout son mérite. L'étroit vallon où on ne se pouvait étendre y en ajouta beaucoup. Ce fut un grand travail que de dessécher ce cloaque de tous les environs qui y jetaient toutes leurs voiries et d'y apporter des terres.

« Ce n'était que pour y coucher trois nuits, du mercredi au samedi, deux ou trois fois l'année, avec une douzaine au plus de courtisans en charges les plus indispensables. Peu à peu l'ermitage fut augmenté, d'accroissements en accroissements les collines taillées pour faire place et y bâtir, et celle du bout largement emportée pour donner au moins une échappée de vue fort imparfaite. Enfin, en bâtiments, en jardins, en eaux, en aqueducs, en ce qui est si connu et si curieux sous le nom de *machine de Marly*, en parc, en forêt ornée et renfermée, en statues, en meubles précieux, Marly est devenu ce qu'on le voit encore, tout dépouillé qu'il est depuis la mort du roi; en forêts toutes venues et touffues qu'on y a apportées en grands arbres de Compiègne et de bien plus loin sans cesse, dont plus des trois quarts mouraient et qu'on remplaçait aussitôt; en vastes espaces de bois épais et d'allées obscures subitement changées en immenses pièces d'eau où on se promenait en gondoles, puis remises en forêts à n'y pas voir le jour dès le moment qu'on les plantait (je parle de ce que j'ai vu en six semaines); en bassins changés cent fois; en cascades de même à figures successives et toutes différentes; en séjours de carpes, ornés de dorure et de peintures les plus exquises, à peine achevées, rechangées et rétablies autrement par les mêmes maîtres, et cela une infinité de fois; en y ajoutant cette prodigieuse machine dont on vient de parler, avec ses immenses aqueducs, ses conduits et ses réservoirs monstrueux, uniquement consacrés à Marly, sans plus porter d'eau à Versailles; c'est peu de dire que Versailles, tel qu'on l'a vu, n'a pas coûté Marly.

« Que si on y ajoute les dépenses de ces continuels voyages, qui devinrent enfin au moins égaux aux séjours de Versailles, souvent presque aussi nombreux, quand tout à la fin de la vie du roi, ce lieu devint le séjour le plus ordinaire, on ne dira point trop sur Marly seul en comptant par milliards.

« Telle fut la fortune d'un repaire de serpents et de charognes, de crapauds et de grenouilles, uniquement choisi pour n'y pouvoir dépenser. Tel fut le mauvais goût du roi en toutes choses, et ce plaisir superbe de forcer la nature que ni la guerre la plus pesante, ni la dévotion ne purent émousser. »

F. GOODALL, A.R.A. PAINTER. E. GOODALL, ENGRAVER.

L' AGE D'OR.

H. MANDEVILLE, PARIS.

L'AGE D'OR

La charmante gravure que nous mettons sous les yeux de nos lecteurs, et qui représente une fête de village au bon vieux temps, me rappelle un petit tableau de famille que j'ai vu longtemps oublié dans un coin obscur de la maison paternelle. Cette peinture naïve, qui portait pour titre L'AGE D'OR, contenait des groupes de personnages buvant, chantant, se roulant sur l'herbe, comme de véritables enfants du bon Dieu. Ce tableau réveillait en moi des idées de douceur et d'obéissance toutes les fois qu'il m'arrivait de ne pas écouter les avis de mon digne père. Je contemplais longuement cette scène de paix et de bonheur; et je me disais que ces braves gens-là, pour être si heureux, n'avaient dû avoir que de bonnes pensées.

Que de fois en m'avançant dans la vie j'ai retrouvé dans ma mémoire ce petit tableau que je recomposais en entier, sans en oublier une seule figure! Aussi quelle émotion n'ai-je pas éprouvée lorsque j'ai vu à Ferrières, il y a quelques années, dans le magnifique château de M. JAMES DE ROTHSCHILD, l'original de la pauvre copie qui avait fait la joie de mon enfance. Ce jour-là une grande fête avait lieu à Ferrières. Le service déroulait son action et ses délicatesses dans l'argent, l'or et le cristal. Les gazons étaient inondés de lumières. Des paroles gracieuses s'élançaient de tous côtés; toutes les langues étaient déliées. M. James de Rothschild, homme d'une grande portée d'esprit dans les affaires, disait sérieusement des choses charmantes; il exprimait des vœux, il portait des santés, et ces incitations étaient aussitôt obéies. Je me disais que l'AGE D'OR se retrouvait au milieu de ces fêtes, non pas l'*âge d'or* de nos premiers parents; mais bien l'animation de la vie satisfaite qui provient de la richesse, surtout lorsque cette richesse a sa source dans le travail.

Voici comment un de nos élégants écrivains, Frédéric Fayot, a esquissé la vie du baron James de Rothschild : « Il est levé avant le jour, passant pour les premiers détails de la toilette entre les mains de deux domestiques. Il reçoit aussitôt les personnes chargées du soin de sa maison ou de l'administration de ses propriétés. Les récits, faits vite, sont bien écoutés; aussitôt, et en très-peu de mots, des ordres sont donnés; — quelqu'un, qui est là tout d'abord, tient note de ces ordres. La toilette s'avance; c'est le moment de réception de quelques intimes; il s'agit d'affaires spéciales. Le principal intéressé écoute, précise ce qu'il veut faire; on prend note aussi de ce qu'il décide, et il décide souvent ainsi les affaires les plus majeures. — La toilette achevée, la correspondance arrive; les lettres viennent de toutes les parties de l'Europe. La personne qui les apporte, les ouvre; le baron les parcourt chacune d'un long et rapide regard; il fait une réponse pour chacune; — puis, revenant attentivement, il en fait une seconde lecture; les points importants ne lui échappent pas; il les résout en quelques paroles claires, formelles; on en prend note : c'est le fonds des lettres qu'il signera dans la journée. Voilà les premières affaires expédiées. La cloche sonne l'heure du déjeuner; le thé, pris presque avant le jour, a préparé la faim. Ce déjeuner est un repas solide à la manière anglaise, avec plus d'ordre toutefois et sans trop de rapidité. — Quelques courses à pied dans le quartier suivent le déjeuner; le baron rentre pour assister quelques instants au mouvement du travail qui se fait dans les bureaux, véritable grande administration; il est visité aussitôt par les chefs du service, donne des ordres et sort de nouveau. — Pendant les beaux jours, on l'aperçoit suivi de clients sur les boulevards; à deux heures et demie, il est à la Bourse. Il sait en un instant, lorsqu'il ne l'a pas appris en route, tout ce qui se fait, et en un instant il sait déjà ce qu'il devra faire; il écoute vingt personnes parlant de vingt affaires, et il fixe une solution pour toutes. — A trois heures, il quitte la Bourse, retourne en ville voir quelques personnes importantes. A quatre heures ou quatre heures et demie, il se retrouve au milieu du travail de ses bureaux; il signe ce qui doit être signé par lui. — Ces dernières affaires expédiées, il retourne en ville, où quelques rendez-vous sérieux l'attendent. — A six heures et demie, il est de retour chez lui et à table; il mange solidement, comme un homme dont l'exercice a ouvert l'appétit. — A huit heures, il entre dans son appartement, dort pendant une heure, fait une nouvelle toilette et sort encore jusqu'à minuit, une heure ou deux heures du matin. — Voilà le cercle d'activité que parcourt sans cesse cette existence exceptionnelle, si variée, si laborieuse, et jusqu'ici si heureuse dans tout ce qu'elle a pu entreprendre. M. de Rothschild possède sans illusion; il a toute la persévérance du véritable talent, celle de l'homme sûr de ses idées et de ses plans.

FIN.

PARIS. — IMPRIMERIE DE GUSTAVE GRATIOT, RUE MAZARINE, 30.

www.ingramcontent.com/pod-product-compliance
Lightning Source LLC
LaVergne TN
LVHW021718230826
846091LV00003BA/780